KB053750

빛 바른 외곽

빛 바른 외곽

글 이우근 | 발행인 김윤태 | 발행처 도서출판 선
등록번호 제 15-201 | 등록일자 1995년 3월 27일 | 초판 1쇄 발행 2021년 11월 30일
주소 서울시 종로구 삼일대로 30길 23 비즈웰 427호
전화 02.762.3335 팩스 02.762.3371
값 11,000 원
ISBN 978-89-6312-610 03810

빛 바른 외곽

이우근

시인의 말

오규원을 생각한다.
홍신선을 생각한다.
어머니는 단단하고 담담한 사슬이다.
그 이름을 생각하며, 그것이 힘이 되어
죽을 때까지 부족해도 길을 나선다.
소멸(消滅)과 파훼(破毀),
잔상(殘像)과 반추(反芻), 그 너머
적멸(寂滅)의 끄트머리에 닿을 수 있다면
말이다.
어림도 없겠지만, 꿈꿀 권리,
가능성이 없다면 그게 무슨 삶이랴.

차례

1부.
강물은 더욱 먼 곳으로 흐르네
—

2부.
개구멍도 문이니 열심이면 큰 대문 열릴 일

3부.
스스로 목표가 되는 순절(純絶)에의 지향

—

4부.
사랑이 독약이라 그래도 사람이 해독제인 걸

강물은 더욱
먼 곳으로 흐르네.

똥개, 혹은

먼 산 바라보며
달이 질 때까지
모든 것에 반성하고
소요를 배제하며
고요에 침몰함

빈 집을 지키며.

해피 버스데이

참 맑은 오월 초하루,
생일날인데
어린 딸이 지갑에
오천 원을 넣어준다

저승 갈 때,
여비나 해야겠다고

마음 여미며.

서울의 비

서울엔 비가 와,
천국은 어때?
춘천가도에는 안개가 깔리고
화순 가는 외곽 길엔
가로등이 껌벅이고 있겠지
내가 잠들지 못한다고
당신도 그렇다는 건 아니겠지
오늘 마지막 기차는
강물처럼 더욱 먼 곳으로 흐르네
그렇게 흘러온 인광(燐光)의 별가루는
쫑알쫑알 포말을 이루며
하안(河岸)으로의
부질없는 자자(自恣)를 행하네

서울에는 비가 와,
그 비(雨),
피(血)라고 쓰네.*
수직(垂直)에서
수평(水平)으로 생을 마감할 걸세,

*강창민 선생의 '비가 내리는 마을'을 떠올리지 않을 수 없다.

15

당신의 계엄령

발포명령은
그 방아쇠는
장전되지 않아도
혹은 불발이어도

이미 형성된 탄착점

사랑이 더러운 것은
너를 감금하는 것이 아니라
내가 포위되기 때문이다.

어떤 가을비

가을비 소리에
이틀을 늙는다
가을비 맞으며 길을 걸으면
사흘을 더 늙는다
그 소리 마음에 담아두면
나날이 쇠잔해진다
살을 바르고 뼈를 깎는다
그래야 튼튼해진다
투자도 이익도 노동도 정치도 없는
하강의, 그것밖에 모르는 가을비
나무들이 겨울의 방향을 가리킨다
중지(衆智)를 모아 깊은 곳에서
서로 만난다
결국엔,
나무는 숲을 모르고
숲은 나무를 모른다.

죽여줄게요
- 포항 이상민

죽도시장 새벽 세 시
자연산 잡어를 받아
여섯 시에 좌판 아지매들에게
소매로 넘기고 나서 해장술 하면
하루의 생업은 대충 마무리
그러나, 수줍게 한 할머니 다가오셔
아재, 혹시 죽은 거, 경매 안 되는 거
좀 주면 안 되겠나
망설임 없이 즉답(卽答) 한다
알았니더, 슬그머니 골목 뒤에 가서
남은 활어를 기절을 시키거나 아예 분질러
선뜻 팔라고 내어준다
시장의 교란이긴 하나 물러섬이 넓다
경쟁은 비교의 우위가 아님을 몸으로 설파
뜻 모를 살생으로 하루를 구축함
오만 원이 이만 원이 되어도
그 잔잔한 거래,
그것이 적절한 환희가 된다
먹고 사는데
지름길이 있는가,
직선이 곡선을 염두에 두지
않을 리 없다.

음악다방

나, 스무 살
유치원 보조교사
야간대학 1학년
직장 끝나고, 수업 끝나고
길을 잃고 다방에 들러
음악신청 했어요
서울, 너무 먼 당신에게 쓰는 편지
하지만 이 고통 참 적당해요
우리 동갑내기, 동시대의 가치를 무얼 알겠어요
사랑, 참 싫어요
아프니까
다만 고전(古典)이 아니더라도
유행가이긴 싫어요
음악에 익사했다가 까무룩 졸다가
마지막 버스를 타러 가요,
그렇게 시작인 우리를 나는 믿어요
싸구려를 부추겨 고귀함이 되고
천박함이 영화가 되지 않기를
바라고 바라며
지금, 이 가난, 극복하리란 예감,
살면서 살아요

그건 필연이죠
잊혀진데도 말이에요.

밤기차

청량리에서
기차를 타네
부챗살 환한 내일을
기대하지 않네
돌아올 생각은 하지 않네
그냥 떠나네
조금 배가 고프네
생수 한 병으로
허기를 무마 하네
어설픈 신파
그렇게 위로하며 다독이며
눈빛 반짝이는 출발
창밖의 내 모습 보네
초라해도, 황홀해라
순간, 생각을 멈추는
그런 포착이 있네
내가 나를 증명하네

기차는 섬광(閃光)으로 떠나네.

사람에 관하여

사람들은 멍청하다
신(神)을 믿다니,

사람들은 더 멍청하다
사람을 사랑한다니.

라이더

나는 중국집 소속 짜장면 배달원
50cc 오토바이가 주무기
그래도 이동의 수단이면
세상 어디 못 갈까
다른 건 몰라도
죽도시장 골목 구석구석을 제일 잘 안다
우리는 제법 일류를 지향한다
지름길을 알고 흐름을 알아
적재적소에 시간을 배분하며 끼니를 공급한다
간편하고 효율적인 에너지를 충전시킨다

중식의 배달신공 마치고 잠시 휴식
계단에 쪼그리고 앉아 담배 한 대 꼬나문다
푸른 연기가 의지의 표현으로 대기에 스민다
스스로 숭고하다고
생각했다, 재미있고 고맙게 소중한 나날
단무지와 양파 몇 조각의
춘장 옆구리 찌르기의 현란한 기술을 설파하며
내일을 구축한다는
소박한 보람, 소명이라는 것을 생각했다
단촐함으로 휘황함을 대신한다

땀냄새야 어떠리
그것도 향기인 걸

삶의 깊이를 다시
생각했다, 삶에 매진하며
직진의 액셀러레이터를 밟아
무시로 이웃들의 안녕을 불심검문하는
그런 특권을 부여받은
나는 도시의 라이더
고속도로는 없어도
곡선과 직선의 조화로운 날들

아무도 기억하지 않아도
나는 나의 삶을 책임지고 있다는
단순극명한 사실,
증명하리라

후세의 평가,
그 무엇이라도.

오일장 나이키

장세(場稅)를 못 낼 형편이라
외곽 담벼락 아래, 여기는
햇살이 참 따끈해요
그냥 모여 질끈 징검다리 놓아요
종일 기다려 몇 단 판 봄나물
파장 무렵, 눈길 끄는 저 신발
기술력이 좀 떨어진다고
나쁜 신발은 아니라네요
식구들 거 다 챙겨요
서울 것들, 눈여겨보지도 않을 테지만
임대료 유통마진 브랜드파워 세금까지 후려치고도
거뜬하다네요
서민경제 기여한다고도 하고,
그래서 십 리도 못 가 발병 나더라도
가야할 길,
조여매고 가고 싶어요
꼭 가요
이류(二流)라도 일류 흉내 내면서
결국엔 가장 하류가 되면
마음 편할 거라 생각해요
나는 가당찮은 희망을 꿈꾸지 않아요

옆 난전에서 만 원 석 장
트렁크 팬티도 마저 사서 입고

거침없이
달려 볼까나.

춘성 스님

죽었다 살아나는 것은
자지 밖에 없다는 춘성 스님의 말씀은
반이 틀리고 반은 맞다
그렇기 때문에
진리다
우리는 날마다 죽어나고
날마다 겨우 살아간다
그는 중[僧]이자
'물이 아득한 모양[沖]'의 사람으로
중이(中二, 중학교 이학년)의 감각으로
사람들을 깨우치는
중(衆)의 대장,
중대장이었다

우리 모두가 그런 사람이다
삶으로 돌진한다.

*이 시는 지묵 스님 산문집 〈죽비 깎는 아침〉에서 착안했다.
춘성 스님의 일화도 있지만, 구산(九山) 스님의 일화도 포함되어 있다.
중이(中二)나 중대장이 그것이다.

남해 도솔암

도솔암 가는 길은 굽이마다 형편대로 눕는다
그리고 불시에 일어나 하늘까지 닿는다
바람소리의 해조음(海潮音)이 들린다
산은 조바심 없이 밭은기침으로
자신의 벽을 연다, 아무도 모른다
마음이 바르다면
젖은 것과 마른 것이 무슨 상관이랴
높낮이의 위치가 무슨 상관이랴
낙엽과 해초가 이웃이지 말란 법도 없다
잦은 바람이 물결로 이마를 어루만질 때
비로소 미망(未忘)을 따져본다
사람들의 계산은 이미 부질없지만
더하고 곱해도 빼고 나눔은 없더라만,
그래도 곱씹는 아득한 희망
손톱 깎듯 낮달을 똑, 따서
발바닥 아래 던져 꽃피길 바란다
등산화 신은 나를 제치고
고무신 신은 노보살이 땀조차 흘리지 않고
횡하니 지나간다, 강호에는 고수가 많다
쪽박 때리듯 두들겨 패는 목탁 소리
결코 풍경 소리 이기지 못하리

그 소리에 귀가 먹어
나는 더욱 잡놈이 되리라 한다
하여 잠시 비켜서서 오줌을 눈다
어차피 세상은 소금밭이다.

전우익

전우익 선생은
평생 봉화에 살면서
동네의 친구들과 본인의 생존을 위해
혹은 거창하게 동시대를 위해
농민운동을 했는데
좌익으로 낙인 찍혀
조용한 투사(鬪士)가 되어버렸다 한다
고초도 즐거웠는가,
혼자만 잘 살면 재미없다고
협박도 하며
우익인데 좌익이라 했다고 껄껄거렸다
그는 날개가 없어
먼 데를 가지 못하고
평생 살던 봉화에서 죽었다.

굴뚝새의 겨울

살아가는 한해 한해가
늘 겨울이었다, 뜨겁고 서러웠다
폭염이었다
여름이 오히려 추웠다
목도리인 양 구름이 부축해 주었다
소나기는 면도칼이었지, 아마
사는 이치가
극과 극에 맞닿아
그것이 음과 양의 스파크가 되어
에너지가 되니
그렇게 살아야 한다고
질기고 약해도 핏줄이 아님이 없으니
당한다고 뭉개지지 않으니
개똥밭에 굴러도
더욱 개똥이 되어
거름이 되고 흔적이 되어
뒷날
꽃잎이 되고 별이 될지
누가 알리,
파닥이며, 인간의 겨울을 견딘다.

반민특위 1

들판은 평등하고
수많은 꽃들이 이름 없는 게 없어요
서로 통성명하여 연대하는 날들
그러나 조금 무언가 부족한 세상
아직도 많은 부패의 교배종인 다른 꽃들이
저리도 창궐하니
오히려 우리가 계면쩍어
발밑을 살핍니다
애써 외면하지만 그들도 모르지는 않을 거예요
다만, 정리되고 기억되어야 할 일을
그만 두면 아니 되겠지요
장황하게 나팔 불어도 시원찮겠지만
소음(驟音)이라 해요
그래도 자근자근 한걸음 한걸음 옮기면서
기억하도록 해요
우리가 부족한 소금이면
더 짠 소금으로 환생해요
민낯에 덧칠하지 말고
꺼풀도 벗기지 말고
있는 것만 얘기하도록 해요
참 지난하겠지만

엎어지고 자빠지는 바람 탄 파도라도 되지요
어깨동무라도 했잖아요
역사가 별건가요
다림질 하듯 구석구석
펴나가면서 바로 잡아주는 거
강아지들의 배설물로 얼룩진 공화국에
태클이라도 놓으며, 그것이 빗나가 오히려 역습으로
절뚝거리더라도, 우리 잡풀들
버려져 호명되지 못한 것들
서로를 위로할 거예요, 우리는 지워진 이름이 아니예요
그렇게 천천히 강물로 가요.

반민특위 2

그
정의가 오히려
반(反)이 되어
오히려 반(半)도 못한
꾸러기가 되어

명분에 저당 잡힌 시간이 아니길
빌고 빌었지만

돌아서서
우네

백설기, 조기 한 마리
없는
제사상을
내려다보고 있는
초승달

잡배들의 거래에 휩쓸린
아득한
미망(迷妄)

찔레꽃 너머
더 서러운 어머니

최후의 포스트모더니즘이
아니길.

사회적으로 유용한 생산을 위한
루카스 노동자들의 계획*

아름다운 싸움이 없듯
상처뿐인 승리도
모호한 표현

화주(火酒) 한 잔 드시게
오늘 하루는 잠시 증발하세

마음의 상처
약도 없으니

하여, 짐승의 양생법을
배우는 것이
차라리 유익할 터
그러나 넓은 길 좁고 긴 길 가야할 길
그렇게 모두의 종말은 조금 유예될 뿐

시간은 공평할 것이다
울지 말고 울음의 끝을 보라,
삶은 끝나지 않는다.

*루카스 플랜이라고도 표현된다. 결국엔 좌절했다.

2부

개구멍도 문이니 열심이면
큰 대문 열릴 일

경강선

곤지암에서
경강선 전철을 탔다
세종대왕릉 역에서 내려
버스를 기다리다 못해
대왕(大王)에게로 걸어서 갔다
삶의 속도에 대해 생각했다
왕릉에서 가만히 종일 잘 놀았다
김밥의 단무지와 홍당무와
시금치의 색깔이 그리 고운 줄 몰랐다
단촐한 소풍이었다
과정과 결과가 다 아쉬웠지만
그나마 노을이 고왔다
싼 발품에 하루가 충만했다
소박한 불후(不朽)를 생각했다.

몰개월*

바다는,
풍경일 때는 다정하다
노동일 때는 거칠고 야속하다
아무도 해답을 제시하지 못한다
그 바다에 기대어
일생을 쌓아가는 것은

눈 내리는 겨울바다를 지켜보는
것과 같다
하염없음의 지존(至尊)의 자세

그 무엇도
쌓을 수도 쟁여 넣을 수도 없다

몰개월 짠한 바다는
허무를 말하는 것이 아니라
허무를 실천하는 것이다.

*경북 포항시 남구 청림동 일대의 앞바다, 황석영 선생의
소설에도 나온다.

학생부군신위

제사 때,
아들이 물었다
할아버지는 무슨 학생이셨고
어떤 공부를 하셨나요?
나는 대답 못하고,

다만,
니 애비 먹이고 가르치려
삶을 실천했다고,
그만한 공부가 또 어디 있겠는가
그렇게 중얼거렸다

아버지, 이미 신(神)의 위치에서
책임 없는 하늘에서
떵떵거리며 사실 것이다
지상에서 못한 거 화풀이로 횡포를 부리면서

창밖을 봤다

그 쓸쓸함의 생애가 사무친다.

고속도로 1톤 트럭들

죽어라 달리는 미끈한 차들 속에서도
제법 잘 달리는 작은 트럭들 보고 있으면
즐거워라
배추나 양파와 마늘 기타 등등
양(量)으로 뭉쳐야 돈 되는 거 잔뜩 싣고
가끔 돼지나 소도 싣고
공구(工具)나 잡물들을 싣고
무조건 짊어지고 그 한계까지 싣고
열심히 달리는 트럭을 보는 일은
즐거운 일이어라
생업의 현장이면 좀 고통스럽겠지만
풍경으로 지그시 보는
그 알싸한 위안
더러 싸가지 없이 끼어드는 승용차를 보며
우리의 용서를 스스로 학습하자
오죽 갈 길이 바쁠까
그들의 도착지가 어디이건
그곳에는 사람의 꽃이 피고
희망이라는 것이, 별 볼일 없는 것이라도
그런대로 부대끼며 창궐하면
미망(未忘)의, 창궐의 숲이라도 일굴 것이다

개구멍도 문이니 열심이면 큰 문 열릴, 하여
자신이 점령할 성(城)으로의 당당한 개선,
그것이 수백 번 거듭되어 강물로 흐르면
그것의 결과
그것은 정말 즐거운 일,
사는 일에 가속(加速)을 붙이면,
꽃필 날 멀지 않을 것이다
꽃필 날 멀지 않아 이미 꽃이다.

먼 산

마음이 아프면
눈이 아프면
먼 산을 본다
내복약으로의 만병통치약
아무나 처방할 수 있는
나의, 나름 발랄한, 대책 없음의,
아무도 기억하지 않을 방법으로
간신히 살아가며

작은 산(山)
한 봉지

톡 털어 넣는
가을 오후.

정선 동강

정선과 영월의 동강과 서강 근처에서
자본주의에 대해 투덜거리는 사람들
모르는 것들에 대해 떠들며 밤새 다정했다
이미 모래가 된 것들은 침잠의 의미를 알아
떠받치는 것에 익숙하여
언젠가 바다에 다다를 줄 확신하고
아직도 충돌하는 자잘한 목소리들
인내에 충만하면서 무시당하고 있었다
더불어 사는 것의 참 착한 밑천은 두둑해서
강물, 고만고만한 높이를 재어보면서
아무 대책도 없이 낄낄거리며, 그 즐거운 다툼
조금 부족해도 노력하자고 했다
언제나 직선이고 싶었다
젠장, 그러나 이미 굽어 있었다
강물에 발을 담그기가 망설여졌지만
이미 젖어 있었다
양말을 벗는 것이 아니라 팬티도 반납해야 했다
돌들의 결속력은 느슨해지고 이끼가 끼고
그래서 물은 탁해지고
머리는 멀쩡해도 아랫도리가 심하게 부실했다
그럼에도 불구하고

흐르는 강물, 그 위로
뜨겁게 오줌을 누었다
반성이 변명이 되어서는 안 된다고,
다짐에 못을 박아도 어림없다고,
초승달이 날카로웠다
동강동강 써걱써걱
내가 베인다.

수화(手話)

도무지 사람의 언어를
배우지 못해
오늘도
마을 밖에서
서성이고 있다
풍부하진 못해도 깊은 뜻 담은
쓰고 달콤한 향기,
그런 것을 대체로 추구하다
결국에는 쪼그리고 앉아
꽃잎의 낱장의 결을
쓰다듬는다

그림자 없는 햇살이 되어.

화순에 가서, 고인돌에 기대어

무거운 것은 대체로 가라앉는다지만
솟아오르는 것도 있다는 걸
바람과 햇살이 가볍지 않다는 걸
오히려 경박한 것들이
스스로 도태된다는 것을
물리$^{(物理)}$와 역학$^{(力學)}$에 엿을 먹이는 것들
저 돌의 꽉 찬 비움 배경 삼아
침묵과 웅변으로 시커멓게 의연하게
숨결로 세기를 가볍게 응징하고 있으니
저 다정한 불굴$^{(不屈)}$
침묵의 다변$^{(多辯)}$을 보라.

배롱나무

내 천박한 것들을
부처의 모서리에서 털어버리려
절하고 나오는데
배롱나무 활짝 핀 꽃 때문에
더 천박해졌다
저리 만개할 일이 아니다
아무래도 지전(紙錢) 몇 푼으로 땜빵할
내 인생이 아닌 모양이다
햇살이, 맑은 하늘이,
공양주 보살의 까칠한 뒷꿈치가
나를 저격한다
집에 가야지, 해우소(解憂所)에서
물건 바라보며
무얼 해소하는지는 모르지만,
재촉 당하는 식은 욕망,
결국엔,
나를 구원할 사람은
나밖에 없는 모양이다

속리산 법주사

먼 산 물소리 꿈길을 돌아
베개 밑으로 스며들어 새벽까지
잠들지 못하고
그 이른 낙엽이 시간 못 이겨 지더라도
숲은 상처 입지 않으리
따뜻한 겨울을 꿈꾸리
늘 그런 것을, 그래서 상관하지 않으리

마을과 이별했는가[俗離]
법에 머물렀는가[法主]

말티재 간신히 넘어온 육신은
맑은 소주를 물처럼 마신다
일회용의 해탈
면피의 열반
저절로 쓰여지는
어디에도 인용될 수 없는 반성문
팔만 경전보다 더욱
경건하고 단순하다

문장대 바람소리
법문보다 더한

그 바람소리

인생을 갈구는

소리.

묵호 북항(北港), 멸치국수

종일 슬슬 우려낸 멸치 국물에
단풍 삶은 듯
저 노을이 내리면
옛날 추억과 같은 반들거리는 김가루
국수는 서로 몸을 비비며
곁든 양념장과 일체로
내 몸으로 온다
오늘 하루도 뜨거웠다
소주도 뜨겁다
마음만 식는다, 그러나
오늘 일당으로 내일을 지탱할 수 있다
그 자잘한 반복이 사랑스럽다
많이 생각하면 교만해진다
묵호는 바래지는 것으로 변함이 없고,
설악산은 멀고 동해는 풍부하다
나는 저 먼 도시의 불빛을
어둠의 갈취라고 생각하지 않는다
다만 조금 평등하면 참 좋을 것을

머물고 있지만 또한 떠나기 위한
북항은 어디에도 있다

미련은 접고 희망을 다듬질하는
저 물결이 잦아들지 않는 한 말이다.

원일 아재

아쟁교,
밥 좁샀능교,
아버지 뒷마당에 계십니더
술 마이 드셨는가 봅니더
그만 잡솨요

막걸리 심부름
꼬깃꼬깃
십 원 지전(紙錢) 두 장

마지막 술잔 시중은
제가 했지요
그거 밖에 할 일 없던
먼먼 신작로
나는 아직 가고 있습니다

아재요,
지상의 모든 더러운 거 다 차버리고
잘 계시지요
거기에도 막걸리 있지요
그 빛깔 닮은 감꽃

저리 뚝뚝
개집 근처로 떨어지고 있습니다

가장 서러운 삶에서도
그리 맑게 웃을 수 있다는 거,
그립습니다

가끔,
봄꽃 피우는 희망의 이슬비로
차라리 장대비로, 우리 곁에 오세요,
안타깝고 따스한 이름의, 원일 아재!

이월(二月)의 강물

달빛 꼭꼭 쥐어짠
저 마른 갈대소리
강물 건널 때
혼자서 감당하지 못해
조금 울었네
잘근잘근 햇빛 씹은 하얀 소금기
탈탈 털려 흔적만 있는 것들
손바닥에 남아 있네
돌아보면
결국 혼자인 것을
자초한 천형(天刑)이라
잇몸으로도 씹어야 할 세월
일회용이나 무한섭취의 굴욕
소화제가 좀 필요했었어
갈대는 알고 있었지만
도와주지 않았지

그래서
어른이 되는
밤기차를 타고 건넌

돌아올 수 없는

이월의 강물.

남한산성

돌아보면 무엇하리
삼전도의 굴욕은 예견된 것이었다
개혁이라는 것을 시도하긴 했다
그러나 그것은 과도한 것을
추구하는 것이 아니었다
모자라는 것, 미흡한 것을
채워 넣고 보충하는
삽질과 설거지였다
그런 것을 실행하지 못했다
우리는 그런 것에 많이 모자랐다
시작도 근본도 없는 벼슬아치 것들이
어느 중간지점에서 무임승차하여
앞과 뒤를 함부로 재단하며
희망을 남발했지만
차라리 정치는 육의전 펄럭이는 어음 같은 거
결과가 좋으면 좋지만 예측할 수 없는 정사(政事)
그 살림림의 나날을
잘 지탱했을까 몰라
결국 명멸하다 그만둘 것을
그것을 방관한 우리는, 참말로 초라했다
무릎을 꿇는 것도 어려운 일이지만

그 무릎을 부축하여 내일을 기약하는 것은
더더욱 어려운 일
근신의 계단을 밟고 올라
서울을 본다
송파에 큰 건물이 올라도
아이들 웃음도 제대로 돌보지 못했다
한강 물도 제대로 흐르지 않으면
그냥 물이고 말더라.

구룡포 바다

어머니, 삼시세끼
바다를 잡수신다
아픈 무릎이
수평선에 닿는다
지평선 그 먼 이야기,
밀물 썰물의 격차가 별로 없는
구룡포 바다, 그 삶이 그러했다
여여(如如)했다고, 다행이었다고,

어머니, 파도처럼 쿨럭이다
가래침 냅다 뱉고는
구름의 결을 이마 짚듯
세상 밖으로 물러나신다

바람 설깃 하면
버릇처럼 늘 문을 연다
문짝 썩어도
지도리*의 버티는 힘

철썩이는 마음이
서울에 가닿았으면 좋으련만

추워 문을 닫아도
마음을 닫지 못한다

펄럭이는 바다,
젊은 날의 휘장(徽章)이라고 말하려다
횅하니 코 풀고 짠물에 손 헹구는
구룡포 바다.

*경첩으로, 돌쩌귀, 문장부 따위를 통틀어 이르는 말로 문을 지탱하는 도구.

들판의 권력

꽃은,
자기 자리가 좋으면 얼른 씨를 뿌려
그 자리를 내어주고 홀연히 사라진다
계절을 넘어 더 좋은 꽃으로 피고
들판은 무상으로 임대를 내어주고

그 대부분의 배경과 풍경인 잡풀들은
더욱 생식력이 좋아 더불어 번성하면서
혼자인 듯, 모두 다인 듯
어깨동무할 이유가 없지 않아서
그 아래의 자잘한 것까지
거듭 거두어가며 지평을 넓힌다
창백하나 검소한 겨울이 가면
본능적으로 포실한 봄이 오는
없어도 많은, 넘치는 공간
순환이 순한 곳

그것이 들판의 권력

널브러져 있는 사소한 것들
미세하게 산소를 공급하는 존재들

잊혀진 것들
그러나 아무도
평등이나 계급을 요구하지 않으니,

그 충만한 무욕(無欲),
구름의 미끄럼틀이라 낄낄거리고
바람의 정거장이기도 해서,
그냥 오줌 막 누고 싶은 들판
그렇게 갈망이 팽팽해도 해소가 되는 곳
그러한 마음의 권력이 들판이지.

3부

스스로 목표가 되는
순절(純絕)에의 지향.

노을

내일을 재촉하지 않는
노을, 바싹바싹하고
짭조름한 노을
바다와 산을 가리지 않고
종일 발바닥 태운 긴 걸음,
모두의 햇살 거두어
슬그머니 헛된 잡도리

사람도
새들도
집으로 가네
그런 시그널
머뭇거리지만 끝을 볼
자연스러운 자세

하여,
배경의, 배후의

사람의 최초의 최후의 그것

몰(歿)이라 하고
생(生)이라 하는.

눈사람의 일생

그토록 갈증에도
결국엔 이것,
다소 건조하면서도 포근한 습기
그 파편적인 삶의 궤적의 집적
이미 손 탄 것은 대체로 순수하지 않음
혹독한 검증에도 불구하고
나름 순수, 어림없지만
잠시 지상에서 반짝거린다는 것
향기 없는 목숨과
별과 바람에게 내어 준 뒷마당에서
마른 풀 무성하여 꿈길 황망하며
먼 바다에 나가서 통곡을 한들
누가 귀 기울일까
그
반성 위로 다시 눈이 내리면
그제야 잊혀지길 덮혀지길 반기며
내 삶, 그 졸작(拙作)

허공을 점령하여 잠시 권력을 누린
눈,
하늘의 파자(破字)

그것들을 불러 모아 꾸린 삶
생각이 멈춘, 한계절의
파산(破産),
햇살의 계시에 의한
소멸의 장치.

화순적벽

능주*로 내려온 정암(靜菴)**이
사약을 받으며 바라본 적벽은
노을에 더욱 빛나고 있었다
저 사발의 비록 식은 탕약이지만
그래도 뜨거운 임금의 사랑이 아닌가
나, 저 적벽처럼
의연하게 황금빛이고 싶었다
젊어 이슬처럼 청명했으나
아직도 젊어 죽음에 앞서니
으스름에 물드는 적벽은 마치
자신의 운명과 닮았다고,
그래서 위로하고 싶다고,
먼 길 떠나는 배경으로
저만한 풍경도 없다고 생각하며
다시 못 올 길 떠나는 심정
말이 필요한가, 외려 담담하다

누구나 벽에 부딪친다
그러나 꺾이는 것이 아니라
다시 하나의 문이 되리라 생각한다
그렇다, 시대를 저격하고자 하면

스스로 목표가 되는 순절(純絶)에의 지향,
짧은 햇살로 밥을 지을 순 없는 일
몰락이 끝이 아님을 정암은 생각했다

밤새 적벽은 움직이지 않으면서도
저벅저벅
발자국 소리를 냈다.

*화순의 옛이름.
**조광조의 호.

국립표지

큰아버지는 공군 조종사였다
한강을 건너는 북한군의 진격을 막기 위해 출격했다가
대공포에 격추 당했다
전쟁기념관에서 훈장을 주고
보훈처에서 전쟁영웅으로 포스트를 제작해
보내 주었다
우리는 동작동 국립묘지 장군 묘역 아래 계시는 걸
아무도 몰랐다
할아버지는 돌아가실 때까지
당신의 장남이 그렇게 죽은 걸 몰랐고
우리는 가까스로 국가의 도움으로 그걸 알았다
다행히도 아버지는 돌아가시기 전에
형님의 영전에 떨리는 손으로 술 한 잔 올렸다
그리고 두 해 뒤에 그의 곁으로 가셨다
국가가 무엇이고 직업이 무엇이고 선택과 소신은,
또 천명(天命)은 무엇인가
하늘은 푸르고 맑은데, 죄 한 점 없는 인간은
저리 말이 없어, 참으로
산다는 것이 맹랑하다고 느꼈다
대한민국 공군 조종사 소위 이경복은
L-25 고물비행기를 타고 수원비행장에서 이륙해

한강다리에서 산화^(散花)했다

충정^(忠情)과 불효^(不孝)는 과연 등가성^(等價性)이 있는가,

아버지의 기일, 그 기억과, 과거와 미래를

조망^(眺望)하는 척,

나와 국가의 대립을 생각한다

세상과 싸우고 세계와 싸우고

모든 것에 불화^(不和)함이 내 직업임을 상기한다

총화^(總和)가 아니라 산별적^(散別的) 개성의 나라를

나는 원한다

소위 나는 빨갱이일 지도 모른다

그러나 그 빛깔만큼의 따스한 사람이고 싶다.

마을 이름 생극(生克)

그 이름 믿음직하이

생을 극복하거나
극복하는 삶이거나
중요하지 않고

다만, 성실할 것을 주문함
최고의 가치를 부여함
그래, 날것으로서의 마을 이름
누가 호명하지 않아도
거기 마을이 있고
사람들이 있네

쓴 마음 마주쳐 명랑한 울림
양철지붕 때리는 가을비처럼
그렇게 다가와 주는 게 참 좋으이
언제 우리가 부유했는가
가난이 때론 힘이 되어
작은 분노가, 어설픈 망설임이
지금의 내 모습

다만, 지탱하는 삶
그게 사람의 힘
어쨌든 극복하고야 마는.

마을 이름 무극(無極)

이쯤해서 모든 걸 그만 두어야 한다
선험과 체득은 철 지난 유행가
사는 것이 득도임을 아는 사람들의 마을

이런 마을에 사는 사람들에게는
말도 걸지 말아야 한다

사람도 마을도 있는데
더욱 무슨 말을 하리

밥 한 그릇의,
엔딩 크레딧

그 사람들의
끝과 끝을 바라보는

처연함을 빙자한
궁극의 시선,
나는 벌써 무례를
범하고 있었다.

보약(補藥)

아는 친한 형님
내일 호스피스 병동 들어간다고
아픈 몸 끌고 소주 사러 온 날
성에 낀 흐린 창, 기웃거리는 눈발
아무도 말을 건네지 못하고
간혹 껄껄거리며 마른 눈물 질경이며
지나친 다정함이 몹시 서럽다
사는 것의 전망은 이런 것인가 생각했다
우리는 내일이 와도 오늘을 거두지 못한다
어설픈 위안, 증거 없는 희망
가장 확실한 것은
오늘이 마지막 술자리라는 사실
의사는, 잔인하게도, 두 달 생각하시라고,
마음 내려놓으라고 당부했다 한다
맑은 소주를, 보약 마시듯 들이켰다
도대체 죽음 앞에서 무슨 웅변이 있는가
안주 삼아 잘근잘근 입술 씹으며,
짐 챙겨 집을 나서는 그 발걸음의 무게
거듭 생각해도, 아무도 짐작하지 못한다

우리는 안다,
동행(同行)은 없다는 것을
먼 날을 기약한다는 것을,
우리는 본다,
그것들의 소멸과 적멸을.
혹은 그 너머를, 결국엔 치레임을.

풀의 정치학

동종(同種)은 적이 되기 쉽다지만
나무와 풀이
서로 아프지 않은 것은
개입하지 않고
상대적 지배력의 개념이 생성되지 않았다
길은 달라도 목적지는 비슷하다
달콤해라
그런 것들의 조합과 연결
눈여겨보지 않을 무성함
서로에 대해 성실하게 나태하면서
또 그렇게 형성한 헐거운 긴장

결코 나머지라 할 수 없는
푸른 연대
죽을 때까지
그 소명(召命)을 모르는
값 싼 희생, 밥 먹듯 일상의 행위

결국
공기라도 정화했다고 한다.

상옥에서 1

상옥에는 늘 꽃이 핀다

사람의 꽃이 핀다

사람들은 모른다

꽃인지 사람인지

구별하지 못하기 때문이다

상옥은 하늘 제일 아래의
옥상이다.

*경상북도 포항시 죽장면에 있는 마을.

상옥에서 2

물소리에 잠겨
익사하는 줄 알았다
꿈이었지만, 깨어나서는 건조했다
산 깊어 물 맑은데
땀인지 오줌인지 푸른 강물을 건넜다
부활의 의미를 새벽마다 추적했다
성욕과 같지만 욕망이 없는 그것
비에 젖어도 상옥의 사람들은
뽀송뽀송했다
이승과 저승의 정확한 중심에서의
가을비 소리,
그 법문을, 없는 그것을 알기 때문이리라.

해인사 통신

해인사 근처 민박집에서
밤새 물소리 들었다
꾀죄죄한 이불이 오히려 부끄러워했다
반쯤 찬 소주병
반쯤 빈 콜라병
새우깡 한 봉지
그 곁으로 별이 모이고
바람이 깃들었다
눈썹달이 기웃거렸다
삶에의 전망과 희망
그런 것을 만지작거렸다
돌아보니 하나의 좌표였고
꽃잎이더니,
붙이려다 침만 발라놓은
우표가 되어

파르르 떨리는
손끝에 남아.

콘돔 장사 내 후배

아침에 뒷좌석과 적재함에
콘돔을 가득 싣고
모텔과 편의점을 돈다
부피가 작아서 힘도 덜 든다
물과 음료수 장사 땐 부피에 비해 마진이 박했는데,
이건 괜찮다
은밀한 치부를 드러내지 않기 위해 노력하는
인간들을 위해 누군가는 이 일을 해야 하리라
원초적인 욕망과 본능을 제어하는 일에
일조를 한다고 생각했다
누군가의 배설물을 방어하기 위한
물건을 공급하는데,
한 사람의 뜨거움이 무위(無爲)로 판명된다는 것,
그것 때문에 먹고 살기에 쏠쏠하다

사람들은 모르더라,
다들 폼나는 일만 하려 하지
직업에 귀천이 없다지만
돈 되는 것은 다른 곳에 있더라
비록 배운 거 없어도
본질에는 접근하게 되더라

비록 콘돔을 팔아도
새끼들 키우는 데 정말 알짜배기더라
나는 장막 뒤의, 무대 밖의 배우라 할까
그렇다,
질기고 탄탄하기만 하면
그렇게 세상을 견디며 건널 수 있다
또 스스로 투명하다면 더욱 좋을 것이다.

가을날

영성(靈性)도 영혼(靈魂)도 좋지만
살림을 생각해요, 나는
밥 한 끼 생각해요
그런데 시를 써요
좆같은 일이예요
그러나 시와 노래는 우리가 아는
낱말도 필요하지만
스토리가 있어야
최소한의 공감의 발현,
우리의 삶을 보는 공부 했어요
그래도 다다르지 못하지요
똥 누고 매화 타령은 아니지요
얼마나 부질없는 일인가요
다 좋아요
프랑스는 먼 나라
북극곰도 소중하죠
브라질의 숲을 생각하고
사하라 사막에 기억이 아니라
우물을 파고 싶어요
학살과 정복의 역사도
공부해야 해요
미국이 좋은 나라,

적인가 친구인가 이유가 없지요
우리, 우리의 거울을 보고
겨울을 생각해요
그렇게 우리가 소중해요
아파도 더 아프지요
죽을 때까지 아파야 사람이라네요
그래야 새로움을 상기할 수 있다네요
더디게 아물며, 간질간질 새살 돋는
자잘할 기쁨.
두통약과 소화제의 상비약으로의
자가처방의 완전무장,
이만하면 부족해도 견딘다고.

겁외(劫外)

바람에 수탈당한 물기 없는 갈대밭
홀씨들 별빛이 되어,
강물처럼 궁극의 바다로 가기
누구를 위함이 아니라
결국에는
당신임을
그럼에도 아직도 술렁이는 갈대밭
이승에서는 글렀다고
탈탈 털려도 아직도 남은 미련
강에서 산을, 설산(雪山), 허공을
생각했다

인연은 언제 끝나는가.

하구(河口)

들숨과 날숨을 나란히 교차시키는
자맥질을 통해
수평을 지향하는 강물의 긴 여정을
지켜보았네
갈숲과 언덕들이
무던히 응원해 주었네
고마운 나날들
윤슬이라고 했나
우리는 반짝이고 빛났다
그렇게 부서지고 무너지는 것을
동시에 경험하면서
먼 길이 먼 길이 아니었네
맑은 종아리 튼튼해지며
바다로 가네
돌아오지 않을 거야
잠시 머뭇거려도 멈춤은 없었지
참 기특했어, 장점이었지
바람과 구름이 협박하면서도
또 힘이 되었지
대체로 조화로웠지
기술이 아니라 기교였지
차선이 최선이었어

지금 의미 없어도 그것이 화석이 되면
언젠가 발굴이 될까
의미 없음이 최고의 효율이야
아득한 가능과 희망, 그것이 없다면
우리는 강물이 아니야.

4부

사랑이 독약이라 그래도
사람이 해독제인 걸

소시민 2

동네 채소가게 지나는데
매직으로 갈겨 쓴
'얼갈이 한단'이
얼핏 '얼간이 한탄'으로 보였다
공교롭게도 가격도 1,800원

자조가 아니라 증명이었다.

비 내린 겨울 숲

혼쭐난 아이처럼
나무는 서있다
무엇 때문에 그런 줄도 모르고
그저 억울해서 눈물도 말랐다
맑은 하늘엔 구름이
손수건처럼 걸려 있어
그것을 슬쩍 걷어내어 마른 눈물을 닦는다
외롭게 그렇게 존재다
사는 것이 그렇고 견디는 것이었다
항변할 곳도,
억울함을 호소할 곳도 없어
막막하기에, 돌아다보았다
늘 그랬다
나무처럼 바람을 맞고
내내 그냥 뿌리를 내린다
속절없이 무생(無生)의 생업(生業)을
번창하게 추구하며
그것의 일상성, 불가한 저항(抵抗)과
찬란한 남루(襤褸),
머무는 바 없이 마음을 내라고 한다지만,
견디는 것이 그렇다

즐겁다, 무책임이여.

좌선

후벼 파면
코딱지는 무너질 것이다
후벼 파면
귀지는 끌려 나올 것이다
후벼 파면
학문도 종교도 정치도
그 빈틈을 방어하지 못할 것이다
발가락 사이를 긁고
비듬을 닦던 그 손으로

결국에는 나를 파지 못하고
남을 후비고 있다
장점과 단점을
아군과 적군을
구분하지 못하고
분주하게 후비다 보니
온통 구멍만 남아 있다
그렇게 공허하다 좀 더 뭉개라 한다
개도 짖지 않을 멀고 긴 밤
물소리는 왜 그리 마음을 적시는지

그리운 한 소식,
턱도 없는 나날들

당신을 위한
무작위의 날.

大雪注意報

마을을 떠나자
눈이 내렸다
마음껏 누리고 즐기는
가난과 굴욕
지우지 못해 덮어버리면
조금은 면책이 될까
그러나 모든 것을 지우지는 못한다

순백의 무지를 누가 탓하리
그런 능숙한 덧칠을 알기나 할까

발자국이 공중으로 뜬다

허방(虛放)이라도 열심히 살라 한다
저 내리는 눈이 잠시 쌓였다가
수분(水分)이 되어
나무를 자라게 하거나
풀이 되거나,
흔적 없이 증발이 되어
가치 없음의 증명이면
더욱 실존적일 것이다

저렇게 눈이 내리네

어제의, 내일의 눈이 아니라
오늘 내리는,
더욱 내리는 눈

찬란한 저격의 불꽃놀이.

다시, 대성막걸리에서

만국기 펄럭이는
가을운동회 같은 죽도시장을 가로질러
대성막걸리로 와서
손가락 지그시 담근
대포 한 잔 마시면

두 살 정도 늙는다
그렇게
길을 나서면
눈이 투명해진다

두 살 정도 현명해졌기
때문이다
그것은 또한 백 년 정도
퇴보했기 때문이다
우리는 작정하고
백치(白癡)가 되어
세상이 투명하기를 희망한다.

약장수

풀 별 나무 꽃잎
눈곱 묻은 아침 강물
모두 거두어
환(丸)으로 식전에 복용
안개를 거두어 명치에 바름
스트레칭으로 108배 처방
무면허이므로 선택사항
다만 돌팔이라도 재료만은 싱싱하니
무해함, 그 그리움 빼고는 일해백익(日害百益)
그대로부터의 자생(自生)
그리하여 어차피 공짜에 무책임
구매자 없음
다만 상업적이지 않은 주치의
오래, 그대 곁에서
하물며 회충약이라도 강제 복용,
마음 비우기 딱,
사랑이 독약이라 그래도 사람이 해독제인 걸
이제야 알겠다.

그리운 설산(雪山)

수화(手話)로,
독한 눌변(訥辯)
눈이 내리네

발자국 남기지 않고
심장 안쪽 허술할 곳 공략하며
눈이 내리네.

이별은 다정하다

이별은
떠난 사람이 더
우리를 부축한다
소주 한잔 마시라 한다
어깨를 두드린다
빨리 집에 가서
헐렁해진 마음 다잡아라 한다
잘 살아봐라 한다

그래서 혹독한 축복
그 이별은, 걸어온 길과
가야할 길을 예측함
결론은 불가하고 그래서,
아파도 아프지 않다
기억의 소환과 마무리되지 않을 추억을
곧추 세우며, 당신을 직시한다
홀홀 떠나시라 배웅하며,
초혼(招魂)도 모를 초승달도, 잠시 머뭇거리지만,
동의하는 듯
저 먼 길,

내일, 낮달로 떠서

같이 간다고 했다.

정선 깊은 곳에서 하늘을 보네,

만남은 우연이나
노력은 필연이네
나는 정말 성실했는가
잎과 꽃의 과정
나무가 왜 나무인가
결이 왜 고운가

홀로 성장하는,
그 긴 시간

왜곡과 편견의 틈바구니에서
두루뭉실 시대와 타협하고
가을엔 정리하고
겨울엔 침묵
중과부적의 싸움
아파도 그냥 그런 듯

먼 곳 바라보기

발 아래 살펴보기

일생(一生),

혹은

자세(姿勢).

별

신탁(神託)을 읽을 듯
별을 보네
결국엔 이마에 은하수 흘러
깊게 팬 주름
천문(天文),
나는 그런 거 몰라
경주 첨성대도 사진으로 봤어
의미를 부여하지 마
반짝인다는 것은
소멸의 신호다.

소시민

봄날 들길에서
익숙한 질문을 스스로 했다

약하니까 강하게 나오지
일단 기선제압, 먹히지도 않겠지만
그 대책 없는 무력시위

부끄러우니 미화하잖아
그 마음 알잖아
용서할 자격 없어도 무작정 용서할 수 있는
우리의 관용,
그것만 우리가 가진 거잖아

민들레의 사소함
애기똥풀의 빈번함
잡풀 으뜸 질경이의 길의 점령
그 번식의 힘

그런 것들의 팽창에 대하여
들길을 걸으며 생각함
의미 없는 숙연에 흩어지는 헛웃음.

저, 공장의 불빛

노동이 제물(祭物)이지는 않다
신성(神聖) 하다지만
아무도 눈여겨보지 않았다
걸레 삶은 물로 밥해 먹는
그 인격은 천혜(天惠)의 신분에 반비례

남의 짧은 길, 나는 왜 돌고 돌아가는 지

도생(圖生)의 결과물로
몇 푼 봉급, 훌륭했지, 부끄럽지 않으이
내 한 몸 희생하면 즐거운 나날
훈장이 아니었지만 정말 훈장이었지
잘, 더럽게, 질기게, 살았다고,
삶의 명세서를
나의 코밑으로 드민다,
그러나, 가령, 그렇더라도
불빛으로 위장을 해선 안 된다
불빛으로 위장되어서도 안 된다

생산은 있어도 자위로는 안 된다
소모품으론 더 이상 안 된다

밥 먹기 위해
땅을 다지는 날들
좀 서러운 날들의 연속
어쩌나, 도시락으로 챙김,
그래도 가야 하니,
참 먼 길.

부재증명

여수 돌산도 동백꽃 필 때
나는 서울에 있었어요

서울에 눈 내릴 때
포항에 있었어요

당신이 김포공항에서 기다릴 때
제주도에서
바람과 맞바람 피웠어요

딱 좋아요
어긋나는 삶,
갈증과 기아로 쪼개지는 생활

누가 믿겠어요
내가 가장 범죄적인
사람인 것을.

참선

순응이 아니라
저항임을
지향이 아니라
반동임을
그 무엇에라도 손을 내밀어
풀의 사상과
나무의 철학을
공부하네
햇살의 농도를 감지하고
바람의 행방을 좇고
발밑 아래 물의 촉감을 추적하네
미세하게 꼼지락거리는 것들의
탁월한 연대를 되새기네
움직이지 않아
오히려 자유롭네
구속은 오히려 방생이네
벽과 허공도 길 아님이 없으니.

구멍 난 양말

쑹쑹 뚫린 것이 뒷꿈치 양말뿐인가
상징적인 현실이고 직설이다
그곳에 바람 불고 비 내린다
여미며 달래며 꿰매며
먼 길 다독이며
아프다 말하지 못하고
저 아래에서 분쇄되는 각질,
그래도 한때
피부였다고
처지를 탓하지 않고,

소임(所任)이 소임(小任)이 아니라
대임(大任)이었다
사는 것이 대업(大業)이었다.

난 절대 배고프지 않아

용문 수덕사, 혹은 어느 암자에서
싱거운 바람을 먹고
오천 오어사 뒤뜰에서의 새털구름은
간식이랄까
욕망을 절임해서 눙쳐두고
정선역 근처 짜장면 향기
을지로 골목 삼겹살 냄새
문득 떠난 바닷가 소금기
어느 절에서의 사십구재의
죽음의 향기 적멸의 평범한 느낌
배 고픈 건 사치야
내겐 어울리지 않아
욕을 제법 많이 먹거든
그래서 절대 배고프지 않아

거부(拒否)와 인력(引力)의 상냥한 법칙
그리고 척력(斥力)의 가능성
그 비빔밥, 들기름 냄새.

낮달을 본다는 거
-봉학에게

투명을 넘어
투명을 너머
투명할 때까지 걷는다
맨발로 건너는 겨울 냇물
꽃잎 곁가지 숨결의 소음
마음 벼린 가을 단풍

푸른 계절에 대비되는 단단한 시절을
전망한다
사라진 별 명왕성에서
그런 음모를 획책하는 것도
우리의 자유와 상상,
시원하게 오줌도 한번 누고 털털 털고
쓸 데 없는 일만 하는 사람이
필요한 때
지고(至高)라도
지선(至善)일 순 어렵겠지만
그 먼 길.

이장(移葬)

다시 세상과 조우하고
다시 우리가 대면할 줄은 모르셨지요
그래도 가슴에서 늘 만났으니
그리 새로운 일도 아니라 자위합니다
담백한 눈물과
사심 없는 손짓으로
당신을 맞이하고
삐걱이는 무릎 세워
다시 한세상 건너갑니다
낮달이 참 곱습니다
당신의 의미라 생각하고,
삶의 좌표를 다시 설정합니다
고맙습니다.

'노산군 부인 별급문기' 외전(外傳)

말하자면, 타인의 장식에 불과했지요
내 인생에서 불가항력으로 탈락했죠
그런 시절이 있었죠, 누군가의 선택을 기다린다는 것,
설레임의 사랑의 시간은 존재하지 않았고,
마뜩찮아도 여지가 없었죠
태산과 절벽의 절묘한 지점 그 가혹한 공간에서
물 한 모금 시원하게 마시지 못하여
아랫도리는 이미 시들었을 겁니다
그러나 비록 사직(社稷)의 끄트머리이나마
밥 짓고 반찬 만들며
나라의, 존엄을 위하고자 했습니다
그러나, 허무해라,
성(城) 밖의 어머니는 챙기지 못했습니다
그렇게 모질게 살면 목숨도 긴가 봅니다.
먼저 떠난 사람들, 아득하지만
눈에 밟힙니다
그 거친 눈길 그 고운 마음
서러워 등이 휩니다
시대의 황망함을 거부하지 못하고
인륜(人倫)의 평범함이 차라리 그리워
죽음이 삶이란 것을

지금에야 압니다
저잣거리의 삶이 평등해야 하고
권력은 생활의 팽팽한 대척점으로서의 자리매김,
역할로서의 기쁨이지, 치부와 명예의 사다리는 아니지요
마음의 가난함이 중요하다 배웠습니다
나는 현세의 화려함을 나름대로 누렸지요
그러나 껍데기인 것을 잘 압니다,
타인의 삶을 빌렸기에 겸손해야 했지만
손에 잡힌 본능에 충실하며 불복하며 저항한 나날,
서글픈 일이지요
이제 느끼는 바 스스로 목숨을 거둘 수 있는 자유와
의지가 참 소중하네요, 가당치도 않겠지만 말입니다
한 사람을 사랑하는 것,
그 불가역적인,
재생불량이자 회복이 불가능한 무한책임의 종양이
아닐까,
밤마다 읊조렸지요
돌아보면 우리는 선대(先代)의 악업(惡業)을 조건 없이,
수양과 학업 없이 내려 받았겠지요
교양이 넘쳐도 무식은 과장이 없을 겁니다
포장된 학습은 진실에 미치지 못하니까요

다만 왕조(王朝)의 순간에는 충실했지요, 그러나
함부로 쓴 시간은 복귀가 되지 않음을 나는 압니다.
남편은 시간이 자기의 것이라고, 물러나면 꽃 필줄
알았지요
폐단은 모두 성급함에서 비롯되죠
비극은 희극의 모서리를 닮아가는 거 같아요
그 지난 시간,
나는 나의 주인공이고 싶었습니다
들판과 수평선이 주어(主語)가 없는 것처럼 말입니다
만민의 안녕을 차마 말하지 못함이 필생의 불충입니다
그래도
참 고마운 세상이었습니다.

비전향이라는 것

폭력에 저항하는 것을 비전향이라 할 수 없지요
강요에 굴복하는 것을 전향이라 할 수 없지요
강물이 바다에 이르는 것을 전향이라 하지 않지요
일몰(一沒)이라고 해야죠
비전향은 그래서 건강한 말이에요
그것은 상대방의 언어이지
나의 언어는 아니었어요
아니라고 말할 때
나는 자립하고 성큼성큼 걸어가요
외롭고 슬픈 게 사람의 일이라면
더 외롭고 슬퍼지고 싶어요
생각의 문제가 아니에요
일상의 생리여야 해요.

조연(助演)

나는 쌍봉댁이 젤 좋아
외로움을 아니까

귀동이도 좋아
탈탈 털리면서도 웃을 줄 알거든

응삼이도 좋아
겉절이 양념이어도
외로워서 행복하거든

별 거 있는가
행주 없이 상(床)이 빛나는가
바탕이라는 거
외곽이어도
빛 바른 양지.

*쌍봉댁, 귀동, 응삼은 드라마 '전원일기'에 나온 캐릭터.

반성

부처를 거부한 것이
최고의 공부였다
부처 혹은 나,
그러한 등식(等式)을 확립했다
언어의 금강경을
사랑한 선험적 죄는 있다
겁외(劫外)의 시간을 빌려
밤새 길을 걸어도
마을에는 결국 도착하지 못했다.

공부한다는 거

가을비에 몰래 우는 나이가 되었다
가끔
죽은 친구들과 소주를 마셨다
가능할까만, 아름답기로 했다
남루했으나 결기(結氣)의 어제는 가고
기약 없는 오늘로
내일을 부추기며
어깨를 툭,
살아야 사는 것이라 한다
독한 가을비에 삶을 희석한다.

서서 가는 것, 지하철, 혹은
나무의 보행법

우리는 걸어서 가고
강물은 흐르고
바람은 구른다
나무는 길을 밀어내면서
배타적이면서도 효율적으로
가장 경제적으로 걷는다
긴 세월을 걷고도
그 자리에 있다
천 리를 가도 그 자리의 효용이다

서울 그 서러운 곳에서 살면서
더더욱 지하철에서,
서서 흐른다는 것을 알았다
나무의 보행법을 배웠다
그리운 것은 잎으로 틔우고
꽃이 아니라도
더 깊은 푸르름을 학습하는 것
두터운 인내를 곱씹는 것

좀, 역행(逆行)은,

돌아오지 못할 그곳을 향한다고
생각했다.

천상병

나무껍질곽 김밥
동방 사이다 한 병
찐 계란 두 알
니쿠사쿠에 업고
그 소풍
천상병은 돌아갈 생각을 했겠지만
나는 거기 머물고 싶었다
남은 건빵으로 사흘은 살 수 있을
자신이 있어서
냇물은 흐르고
결국엔 귀천(歸天)이겠지만
나는 회귀(回歸)의
회로(回路)를 찾았다.

어머니는 탤런트

무조건 모른다고
오래된 일이라 기억 없다고 그러세요
오른손 하면 양쪽 팔 다 드세요
짜증을 내세요
화장실 가는 척 자빠지세요

이리저리 눈치 보시다
땀 비질비질 흘리시며
휑하니 방으로 가셨다
평생 안 한 거짓말을 한번에 다 하셨다

낮달이 기웃거렸다.

생애의 승리자는 어머니다
환호도 꽃다발도 없는
소박하고 조촐한 전쟁이 끝나고
잠드신 머리맡,

냉수 한 잔.

이우근 시집, 『빛 바른 외곽』

생의 핍진성, 그 가능성을 향한 서정의 구도(構圖)

김나영(시인)

　　이우근 시인의 두 번째 시집, 『빛 바른 외곽』에는 두 개의 축이 있다. 하나의 축은 '직선'과 '곡선'이고, 또 하나의 축은 '높이'와 '낮이'라는 기하학적 요소로 지탱하고 있다. 이 요소들의 조합을 이우근 시인은 시어로 직접 사용하기도 하고, 메타포로 드러내기도 한다. 서로 대치되는 이 요소의 결합이 흥미로운 것은, 현대사회의 아이콘으로 표상되는 '속도'와 '욕망', '경쟁'의 대치적 국면을 형상화하며, 세계(관계)의 본질이 폭력이라는 사실을 인식적으로 선취해서 웅숭깊게 담아내기 때문이다. 또 이 요소들은 '중심'과 '외곽' 그리고 '문명'과 '자연'의 문제로 옮겨가며, '바른' 인간의 삶으로서의 가능성을 타진한다. 이는 이우근 시인의 올곧은 성정을 드러내는 역동적 구도가 되고 있다. 특히 이우근 시인은 이번 시집에서 현대사회의 외곽에서 성실하게 살아가는 소시민들의 삶과 직업에 대해 깊게 천착함으로써 인간의 존엄과 가치를 최우선에 두려는 인본주의적 태도를 주지(主旨)한다. 이우근 시인의 이러한 관점과 태도는 사회·문화적 맥락 안에서 구현되고 있다는 점에서 사회성을 획득하고 있다. 우선 '직선'과 '곡선'으로 드러나는 그 구체적 작품부터 살펴보자.

1.

죽도시장 새벽 세 시
자연산 잡어를 받아
여섯 시에 좌판 아지매들에게
소매로 넘기고 나서 해장술 하면
하루의 생업은 대충 마무리
그러나, 수줍게 한 할머니 다가오셔
아재, 혹시 죽은 거, 경매 안 되는 거
좀 주면 안 되겠나
망설임 없이 즉답(卽答) 한다
알았니더, 슬그머니 골목 뒤에 가서
남은 활어를 기절을 시키거나 아예 분질러
선뜻 팔라고 내어준다
시장의 교란이긴 하나 물러섬이 넓다
경쟁은 비교의 우위가 아님을 몸으로 설파
뜻 모를 살생으로 하루를 구축함
오만 원이 이만 원이 되어도
그 잔잔한 거래,
그것이 적절한 환희가 된다
먹고 사는데
지름길이 있는가,
직선이 곡선을 염두에 두지
않을 리 없다.

- 「죽여줄게 -포항 이상민」 전문

　　다소 자극적(?)인 제목의 이 시는 "죽도시장 새벽
세 시"의 거친 현장을 고스란히 보여준다. 부제로 보아
이 시는 "포항의 이상민"이란 지인을 대상으로 쓴 시로

짐작된다. 포항 "죽도시장"은 바다 옆에 있을 것이다. 그런데 이 시는 바다에 대해서는 한 마디도 언급을 않는다. 왜냐하면 "새벽 세 시"에 일어나야 하는 사람들에게 그 바다는 거칠고 고된 작업 현장("바다는,/풍경일 때는 다정하다/노동일 때는 거칠고 야속하다"「몰개월」)이기 때문이다. 그래서 이 시에는 바다를 등장시키지도, 미화시키기 않는다. 사려는 자와 팔려는 자의 눈치 싸움이 벌어지는 새벽 "죽도시장"에는 생선 비린내보다 더 진한 인간 비린내만 일렁이고 있다. 돈이 오가는 곳이면 어디든 뒷거래도 이루어지는 게 시장의 생리다. "죽도시장"에서도 뒷거래가 이루어지는 장면을 시의 수면 위로 끌어올린다. 그런데 이 시에 표현된 "시장의 교란"은 우리의 짐작을 빗나가게 한다. "오만 원" 하는 활어를 일부러 죽여서 "이만 원"에 파는 "아재"의 계산법은 우리의 허를 찌른다. 이처럼 아름다운 교란이 일어나는 "죽도시장"이 포항에 있다는 것만으로도 가슴이 따뜻해지는 장면이다. "한 할머니"와 "아재"의 행위는 자본시장의 논리가 해제되는, 인간적인 정(情)과 안쓰러움이 통하는 역설의 현장이다. 이 현장에서 이우근 시인은 '직선'과 '곡선'의 의미를 포착한다. 공적인 경매가 일어나는 현장이 '직선'이라면, 공매가 끝난 다음 이루어지는 "한 할머니"와 "아재" 사이의 "잔잔한 거래"를 일컬어 이우근 시인은 '곡선'으로 비유한다. 그러니까 이 거래("남은 활어를 기절을 시키거나 아예 분질러/선뜻 팔라고 내어주는")는 자본주의의 시장 경쟁 논리로 볼 때 일종의 "교란"인

셈이다. 맞다. 하지만 그걸 알면서도 "한 할머니"처럼 삶
의 기반이 허약한 소시민에게 "아재"는 마음을 열어 보
탠다. "좌판 아지매들"은 일정한 수입원이 있는 제도권
내의 사람이라면 "한 할머니"는 여기에 편입되지도 못하
는 제도권 밖에 있는 소시민이다. 자본시장의 구조 밖으
로 밀려난 소외되고 배제된 사람이다. 그렇지만 이 시에
서 보여주는 이타적 삶의 실천이 이우근 시인이 생각하
는, 세상을 움직이는 삶의 원리(직선이 곡선을 염두에 두
지/않을 리 없다.)이고 "바른" 이치다. 다시 말해 이 시에
드러난 '직선'과 '곡선'의 의미는, 옳고 그름을 가리는 척
도가 아니다. 삶이라는 거친 바다를 항해하려면 '직선'의
삶도 '곡선'의 삶도 평형수와 같이 균형과 조화를 이루며
나아가야 하는 것임을 드러내고 있다.

그런가 하면 이우근 시인은 물리적인 '속도' 자체를
'직선'과 '곡선'으로 드러내기도 한다. 「라이더」에서 "다
른 건 몰라도/죽도시장 골목 구석구석을 제일 잘" 아는
중국집 배달원이 시적 화자로 등장한다. 중국집 배달원
이야말로 누구보다도 '지름길'을 잘 아는 사람이다. '골
목'을 누비는 일에 능숙한 사람이다. 여기서는 빠른 배달
을 위한 '시간'을 필수적인 조건으로 내세우며 '직선'과
'곡선'으로 풀어낸다. 최대한 빠른 시간에 배달을 끝내야
하는 것이 '직선'의 시간이라면, '지름길'로 통하는 '골목'
은 '곡선'의 시간이다. 이 시에서 라이더는 노동의 고달
픔("땀 냄새야 어뗘리/그것도 향기인 걸")까지도 건강한
노동의 결과로 받아들인다. 그리고 골목과 골목을 누비

는 '곡선'의 삶에 대해서는, 위태롭게 살아가지만 자신의 직업에 긍지("나는 도시의 라이더/고속도로는 없어도/곡선과 직선의 조화로운 날들")를 갖고 스스로를 위무한다. 그러나 자본주의 그늘 아래 살아가는 사람 치고 '직선'의 삶을 그리워하지 않을 사람이 있을까. 이 시는 시적 화자는 라이더라는 직업에 자족하고 살아가는 듯 표현한다. 하지만 사람은 욕망하는 동물이라서 '골목'을 누비며 살아가는 그의 내면에는 잘 닦인 '고속도로'를 타고 도시의 중심에 닿고 싶은 욕망도 있는 것이다. 그 욕망을 엿볼 수 있는 것이 '고속도로'라는 단어의 선택이다. '고속도로'는 '직선' 코스의 길 중에서도 빠르게 사회의 중심에 닿을 수 있는 '직선'의 또 다른 말이라는 뜻에서 의미심장하다. 이는 제도권 내로 편입되고 싶은 시적 화자의 욕망의 '속도'를 대신하는 말이다. 그런데 시적 화자는 자신의 욕망을 함부로 발설하지도 않고, 부러워하지도 않는다. 자신에게 맡겨진 사회적 위치와 직업에 담담하게 순응하며 '조화로운' 삶의 가능성을 믿는다. 그러나 사람들은 자본주의의 그늘 아래서 빠르게 출세하길 원하기 마련이다. 대부분의 소시민이 욕망할 줄 몰라서 제자리를 지키고 있는 게 아니다. 욕망이, 일탈이 삶의 무게보다 한 수 아래 있기 때문이다. 실로 삶보다 무서운 직업은 없다. 그래서 사람들은 각각 짊어진 삶과 직업을 쉽사리 벗어던지지 못하고 살아가는 거다. '고속도로'로 유추할 수 있는 욕망의 속도는 「고속도로 1톤 트럭들」에서도 여실히 드러난다. 자본주의가 부추기는 '속도'와 '경쟁'의 궤도 위에서 이우근 시인은 속도에 성급하게 편승하지 않는다. 서늘한 시선인 듯, 달관한 시선인 듯 그 장면을 포착하고 그저 담담하게 보여줄 뿐이다. 쉽게 읽히지만 차량의 종류를 신분이나 직업으로 대상화하고 있다는 점에서 이 시가 갖는 시사성과 사회성이 확보되고 있다.

죽어라 달리는 미끈한 차들 속에서도
제법 잘 달리는 작은 트럭들 보고 있으면
즐거워라
배추나 양파와 마늘 기타 등등
양(量)으로 뭉쳐야 돈 되는 거 잔뜩 싣고
가끔 돼지나 소도 싣고
공구(工具)나 잡물들을 싣고
무조건 짊어지고 그 한계까지 싣고
열심히 달리는 트럭을 보는 일은
즐거운 일이어라
생업의 현장이면 좀 고통스럽겠지만
풍경으로 지그시 보는
그 알싸한 위안
더러 싸가지 없이 끼어드는 승용차를 보며
우리의 용서를 스스로 학습하자
오죽 갈 길이 바쁠까
그들의 도착지가 어디이건
그곳에는 사람의 꽃이 피고
희망이라는 것이, 별 볼일 없는 것이라도
그런대로 부대끼며 창궐하면
미망(未忘)의, 창궐의 숲이라도 일굴 것이다
개구멍도 문이니 열심이면 큰 문 열릴, 하여

자신이 점령할 성(城)으로의 당당한 개선,
그것이 수백 번 거듭되어 강물로 흐르면
그것의 결과
그것은 정말 즐거운 일,
사는 일에 가속(加速)을 붙이면,
꽃필 날 멀지 않을 것이다
꽃필 날 멀지 않아 이미 꽃이다.

- 「고속도로 1톤 트럭들」 전문

"어떤 차를 모는가"가 한 사람의 사회적 신분을 가
늠하는 세상에 우리는 살고 있다. 이 통속적 욕망의 양태
가 우리의 사고를 지배하고 당연시 여기는 실태를 이우
근 시인은 응시한다. 그러나 이 시는 질주하는 장면만 빌
려온다. 얼핏 보면 "미끈한 승용차"와 "1톤 트럭"을 비교
의 대상으로 놓고 욕망의 속도를 견주는 듯 보인다. 그런
데 이우근 시인은 "1톤 트럭"을 더 옹호(?) 하는 편파적
인 입장이다. 왜냐하면 "1톤 트럭들"은 "죽어라 달리는
미끈한 차들 속에서도/제법 잘 달리"고, 또 "무조건 짊어
지고 그 한계까지 싣고/열심히 달리"기 때문이다. 왜냐
하면 삶과 노동에 성실하게 부역하고 있는 그들의 입장
에 서서 "트럭을 바라보고 있으면/즐겁"기 때문이다. 건
강한 노동의 끝에는 "사람의 꽃"이 피어난다는 그 가능
성 때문에 "미끈한 차"를 보고 분노하기보다는 "용서"의
대상으로 삼는다. 고속도로 위에 달리는 차량들을 경쟁
의 대상이 아니게 만들어 버린다. "싸가지 없이 끼어드
는 승용차를 보며/우리의 용서를 스스로 학습하자"라니!

욕을 하기보다는 "오죽 갈 길이 바쁠까" 라고 일축해 버리는 태도는 "속도"와 "경쟁"으로부터 몇 걸음 물러나 있다. 시인의 두 발은 세상에 다 담그고 살면 안 된다고 말하듯이 말이다. 이우근 시인이 생각하기에 "속도"와 "경쟁"보다 더 중요한 가치는 "사는 일에 가속(加速)을 붙이"는 일이다. 이우근 시인이 바라보는 이런 관점이, 현대 사회가 부추기는 획일적 가치에 동조도 편승도 하지 않으려는 가치와 차원을 만들어내고 있다. 아울러 낯익은 세계가 은폐하고 있는 익숙한 폭력의 실상을 동시에 폭로하고 있다. 무엇보다 이우근 시인이 중요하게 여기는 것은 삶의 가치다. 시인은 시대의 흐름과 같은 방향으로 흘러가는 자가 아니라, 연어처럼 원천을 찾아 역류하는 존재다. 현대 문명 이래 우리 삶의 모습은 절대적 진리로부터 오염되어 있거나 멀어져 가고 있다. 문학은 오염된 세상을 정화하기 위하여 어떤 식으로든 한 사회를 반영하기 마련이다. 옥타비오 파스도 "시의 기능은 세상을 변화시키는 것이며 시적 행위는 본래 혁명적인 것이지만 정신의 수련으로서 내면적 해방의 방법이기도 하다. 시는 이 세계를 드러내면서 다른 세계를 창조한다."라고 했다. 이우근 시인도 이 작품을 통해서 현대사회에 만연하는 획일적 가치와 통속성, 그 대열에서 생업에 힘쓰는 소시민들의 건강한 삶, 그리고 이를 밀착해서 바라보는 이우근 시인의 이타적 관점을 넉넉하게 반영하고 있다.

아침에 뒷좌석과 적재함에
콘돔을 가득 싣고
모텔과 편의점을 돈다
부피가 작아서 힘도 덜 든다
물과 음료수 장사 땐 부피에 비해 마진이 박했는데,
이건 괜찮다
은밀한 치부를 드러내지 않기 위해 노력하는
인간들을 위해 누군가는 이 일을 해야 하리라
원초적인 욕망과 본능을 제어하는 일에
일조를 한다고 생각했다
누군가의 배설물을 방어하기 위한
물건을 공급하는데,
한 사람의 뜨거움이 무위(無爲)로 판명된다는 것,
그것 때문에 먹고 살기에 쏠쏠하다

사람들은 모르더라,
다들 폼나는 일만 하려 하지
직업에 귀천이 없다지만
돈 되는 것은 다른 곳에 있더라
비록 배운 거 없어도
본질에는 접근하게 되더라
비록 콘돔을 팔아도
새끼들 키우는 데 정말 알짜배기더라
나는 장막 뒤의, 무대 밖의 배우라 할까
그렇다,
질기고 탄탄하기만 하면
그렇게 세상을 견디며 건널 수 있다
또 스스로 투명하다면 더욱 좋을 것이다.

- 「콘돔 장사 내 후배」 전문

앞의 작품에서도 보았듯이 이우근 시인은 소시민들의

삶을 최단거리에서 밀착해서 풍자하거나 고스란히 보여준다. 이들을 바라보는 이우근 시인의 감정이 일관된 하나의 어떤 '구조'를 이루고 있음을 알 수 있다. 이 감정의 구조는 특정한 시기 사회적 주체들의 습관화된 사고 패턴이라고 할 수 있다. 그리고 하나의 감정이 만들어지기까지는 시간의 지배를 받는다. 레이먼드 윌리엄스의 주장처럼 감정이란, 과거 시제로부터 현재의 순간에 이르기까지 경화되어 있지 않은 연속적이고 살아있는 현재의 사회적 맥락 속에서 변화와 변용의 과정을 거쳐서 형성된다. 이우근 시인도 소시민들에 대한 감정을 사회적 문맥에 올려놓고 우리 사회의 단면을 짚어낸다. 「콘돔 장사 내 후배」의 경우도 그렇다. 직업에는 귀천이 없다고 하지만, 입으로 발설하기 민망한 후배의 직업을 시의 제목으로 삼고 있다. 그렇지만 이것은 문제가 안 된다. 시인이라면 일반인들이 민망해하는 문제도 시의 전면에 올려놓을 줄 알아야 한다. 단 독자들의 통념과 예측을 빗나가게 하는 지경까지 인식의 폭을 확장시켜야 한다. 세상에 수많은 직업이 있지만 이 시를 만나고 우리는 콘돔을 배달하는 직업도 다 있다는 걸 새삼 알게 된다. 그리고 흔치 않은 직업의 특성 때문에 사실 당혹과 불편, 호기심으로 읽게 되는 작품이다. 작품을 읽으면서 이 직업과 관련된 특별한 체험에 눈길을 쏠리게 된다. "모텔과 편의점을 돈다/부피가 작아서 힘도 덜 든다" 는 부분을 봐도 그렇다. 이 후배는 이 직업을 갖기 전 부피가 큰 물건을 배달하며 "마진"을 남기는 일을 했다. 부피가 크면서 마진이 적은 일보다는, 부피가 작으면서 큰 마진을 남기는 일이 배달업을 하는 사람들에게는 더 할 수 없는 최적의 조건이리라. 이를 증명하듯이 "이건 괜찮다"라고 속내를 숨기지 않는다. 그리고 "원초적인 욕망과 본능을 제어하는" 사람들 때문에 "먹고 살기에 쏠쏠"하고 "새끼들 키우는 데 정말 알짜배기"라는 고백 앞에서 그만 먹먹해지고 만다. 이 민망한 직업을 견디는(?) 후배라는 사람이 더 이상 불편하지가 않다. "콘돔 장사"라는 직업보다 더 견디기 힘든 삶, 앞에 선 "아버지"라는 직업만이 강하게 부각되고 마는 순간이다. 이우근 시인이 이 시를 쓰게 된 동기도 아마 여기서 비롯되었을 것이다. "질기고 탄탄하기만 하면", "또 스스로 투명하다면"이라는 후배의 바람은 "콘돔"의 속성과 자신의 미래를 중첩적으로 내면화함으로써 성실한 노동의 근성을 노래하고 있다. 이로써 이 작품은 표면적으로는 은밀한 성(性)을 상품화하는 일에 "일조"하고 있는 통속적 인물을 전면에 내세우는 듯 보이지만, 그 심층에는 은밀하게 자생하고 있는 이 시대 육욕과 욕망의 상품화와 소비 방식, 그리고 그 그늘이 먹여 살리는 소시민의 직업과 애환을 사회적 맥락 안에서 풍자하며 아이로니컬하게 직조해내고 있다.

이처럼 이우근 시인이 대상으로 삼는 타자들, 그중에서도 소시민은 근래 우리 시에서 깊숙이 조명하지 않았던 인물들이다. "죽도시장 할머니", "중국집 라이더", "콘돔 장사", "고속도로 트럭 기사" 등이 그렇다. 이들은 대부분 소시민으로 분류되며, "배제"되고 "소외"된 존재들이다. 길에서 쉽게 만나지만 무시하거나 지나치기 쉬운 존재들이다. 비정규직이라는 꼬리표를 낙인처럼 붙이고 살아가는 사람들이다. 직업으로 존재의 가치와 신분을 평가받는 현대 사회에서 조명 한 번 받아본 적 없는 "조연들"이다. 이우근 시인은 이들을 편집증적(?)으로 조명하며 시의 전면으로 끌어올린다. 그런데 이들을 바라보는 이우근 시인의 시선은 시혜적(施惠的)이지 않다. 시선을 낮추고 또 낮춘다. 그들의 눈높이만큼 내려가서 그들의 몸에 육화된 세상의 불온성을 투사하고 반영한다. 그런 의미에서 이우근 시인의 시선은 권위에 물들지 않았다. 직업으로서 사람의 존재를 평가하지 않는다. 직업보다 인간 자체에 대한 존엄이 우선한다. 인간의 가치를 직업으로 분류하는 관행이 현대사회의 고질적인 신분제를 조장하고 있는 것이라고 이우근 시인은 위 작품들로서 반증해 보인다. 그렇다. 우리는 사회적 동물이라서 문밖만 나가면 사회적 위치나 직업으로 평가를 받는다. 직업이 아닌 존재 자체로 인간의 가치를 평가받는, 아니 대접받는 세상은 오지 않을 텐가, 그 가능성은 드라마에서만 가능한 일일까.

나는 쌍봉댁이 젤 좋아
외로움을 아니까

귀동이도 좋아
탈탈 털리면서도 웃을 줄 알거든

응삼이도 좋아
걸절이 양념이어도
외로워서 행복하거든

별 거 있는가
행주 없이 상(床)이 빛나는가
바탕이라는 거
외곽이어도
빛 바른 양지.

- 「조연(助演)」 전문

우리나라의 청·장년 세대들치고 「전원일기」를 안
본 사람이 있을까. 부제의 '쌍봉댁', '귀동', '응삼'을 떠올
리면 그 역할을 맡았던 배우의 얼굴도 떠오르는 사람도
있을 것이다. '국민 드라마', '최장수 드라마'라는 수식을
받으며 우리나라 보통 사람들의 보편적 정취와 정서를
실감 나게 반영한, 이 드라마에서는 농촌을 배경으로 삼
고 있지만 농촌 드라마가 아니다. 보통 다수의 평범한 사
람들이 직조해내는 희로애락과 삶의 무늬에 초점을 둔
드라마였다. 드라마의 속성상 이 드라마에도 '주연'이 등
장한다. 그러나 이 드라마에는 '주연' 만큼이나 비중 있
는 '조연'들의 역할 또한 돋보이던 드라마였다. 지금도
「전원일기」를 떠올리면 '양촌리'라는 그 가상의 장소에
서 그들이 소소한 입씨름을 하고 있을 것만 같다. 그들
은 특별하지도 잘 나지도 않았다. 각각 흠이 있는 성격
을 가진 필부필부(匹夫匹婦)의 모습을 보여주었다. 그들

을 보며 사회생활에 지친 수많은 한국인들의 저녁이 양처럼 순하게 저물기도 했다. 이우근 시인이 이 시를 쓰게 된 동기도 그게 아니었을까. "외로움을 아는" '쌍봉댁'이 그렇고 "탈탈 털리면서도 웃을 줄"아는 '귀동이'가 그렇고 "겉절이 양념이어도/외로워서 행복"한 '응삼이'도 호칭부터가 편안하다. 보다시피 이들은 사회적 신분이나 직업적 위계에 편입되지 않은 자들이다. 정(情)을 울타리처럼 두르고 사는 자들이다. 그래서 그들은 서로를 경계하지 않는다. 그들은 '외로움'도 나눌 줄 알고, 좀 손해를 본다 해도 '웃을 줄' 알고, '외로워도 행복' 하다고 느끼는, 감정에 정직한 사람들이다. 사회적 신분이나 위치가 높다고 행복지수가 높은 것이 아니다. 도시의 외곽에서 '조연'처럼 살아가더라도, 자신의 감정에 주인이 되어 살아가는 모습이 정작 '바른' 삶이라는 그 가능성. 이우근 시인의 인본주의적 믿음이 시에서도 확인하게 된다. 사회적 신분 여하에 따라 인간의 가치를 가늠하지 않으려는 태도가 여기서도 강조되고 있다. '쌍봉댁', '귀동', '응삼'은 누구인가, 이들은 우리 이웃에서 만나게 되는 수많은 소시민들을 대신하는 보편 다수의 사람들이기도 하다. 이들의 존재와 그 가치를 "행주 없이 상(床)이 빛나는가"라고 묻는 이 문장으로 전경화 시키고 있다. 이 문장 하나로 이 세상에서 '조연'처럼 살아가는 보편적 다수의 '조연들'의 역할과 자격을 단번에 격상시켜 놓는다. 게다가 "외곽이어도/빛 바른 양지"라는 이미지를 병치하여 언어의 응축과 절제, 행간의 단속적 구성까지 톡톡히 실현하고 있다.

앞에서 보았듯이 이우근 시인은 주로 '소시민'의 입장
에 서서 인권의 지존(至尊)과 존엄을 사회·문화적 상황과
맥락 안에서 드러내고 묻는다. 이때 '이우근 시인'과 '소
시민' 의 사이에는 물리적·정서적 거리가 권위로부터 제
거되어 있다. 이 태도는 이장욱 시인이 말하는 "사물과
의미에 대해 소실점과 위계질서를 설정하려는 시적 무
의식" 과 멀다는 데 의미와 통한다. 즉 이우근 시인은 권
위적 중심을 제거했기 때문에 애매모호하게 말하지 않
고, 오물이 묻고 악취 나는 시·공간도 "소시민"들과 함께
경유할 수 있었다. 이우근 시인은 온갖 문제와 욕망이 교
차하더라도 인간이라는 심연(深淵)에 닿기 위한 여정은
집요하게 이어진다. 그런데 예외적으로 종교적 삶을 실
천하는 지도자를 대상으로 이루어지기도 한다.

죽었다 살아나는 것은
자지밖에 없다는 춘성 스님의 말씀은
반이 틀리고 반은 맞다
그렇기 때문에
진리다
우리는 날마다 죽어나고
날마다 겨우 살아간다
그는 중[僧]이자
'물이 아득한 모양[僧]'의 사람으로
중이(中二, 중학교 이학년)의 감각으로
사람들을 깨우치는
중(衆)의 대장,

중대장이었다

우리 모두가 그런 사람이다
삶으로 돌진한다.

- 「춘성 스님」 전문

이우근 시인의 의식 속에는 우리 사회에서 기득권을 가진 세력이나 지도자들에 대한 의심과 불신이 깔려 있다. 이런 의식의 기반에는 이들이 만든 법과 진리가 모든 사람들에게 공평하게 적용되지 않는다는 체험과 생각이 스며있다. 그리고 우리 사회 시스템의 불안정성과 불공정성이 사람들을 '승자'와 '패자'로, 도시는 '중심'과 '외곽'으로 나누며 사람의 가치를 분류하는 메커니즘에 대한 반발이 전제되어 있다. 그래서 이우근 시인은 우리의 일상 속에 당연한 것으로 정착된 사고나 인식에 대해 이의를 제기한다. 이 시에서도 '춘성 스님'의 화두("죽었다 살아나는 것은/자지밖에 없다")를 전적으로 인정하지 않는다. 일반적으로 종교적 지도자의 언술은 무비판적으로 수긍하는 것이 보편적 종교인들의 태도다. 하지만 이우근 시인은 '춘성 스님'의 이 언변을 '진리'로 인정하면서도 절대적 맹신 또한 거부한다. "반이 틀리고 반은 맞다/그렇기 때문에/진리다"라는 제시로 '진리'에 대해 이의를 제기한다. 왜냐하면 "우리는 날마다 죽어나고/날마다 겨우 살아가"기 때문이다. 이우근 시인의 관심사는 어김없이 사람들의 핍진한 삶으로 에워싸여 있다. 다음으로 이어지는 전개가 꽤 흥미롭다. '중(僧)→ '물이 아득한 모양[沖]'→ 중이(中二, 중학교 이학년)→중(衆)의 대장→ 중(衆)의 대장'으로 전개되는 동음이의어의 중첩적 활용으로 중의적(重意的) 언어유희를 구사하고 있다. 이 언어적 뉘앙스로서 이우근 시인은 '춘성 스님'의 대중적·종교적 위치와 권위에 대하여 "반이 틀리고 반은 맞다"는 '진리'를 되묻는 중이 아니었을까? 왜냐하면 마지막 연, "우리 모두가 그런 사람이다" 라는 의미가 이를 대변하기 때문이다. 결국 이우근 시인이 이 시에서 '춘성 스님'의 화두를 빌려서 '진리'를 가늠하고, 이를 인간에게 대입하는 과정으로서 "삶으로 돌진"하는 "우리 모두"의 목소리를 대변하고 싶었던 것이라고 할 수 있다.

전우익 선생은
평생 봉화에 살면서
동네의 친구들과 본인의 생존을 위해
혹은 거창하게 동시대를 위해
농민운동을 했는데
좌익으로 낙인찍혀
조용한 투사(鬪士)가 되어버렸다 한다
고초도 즐거웠는가,
혼자만 잘 살면 재미없다고
협박도 하며
우익인데 좌익이라 했다고
껄껄거렸다
그는 날개가 없어면 데를 가지 못하고
평생 살던 봉화에서 죽었다.

– 「전우익」 전문

역사 속으로 사라진 특정한 인물을 현 시대로 불러올 때는 전 시대와 다른 평가나 해석을 시도해야 한다. 그렇지 않다면 역사 속에 묻힌 자를 현 시대의 문맥 안으로 다시 불러올 이유가 없다. 이우근 시인이 '전우익'이란 인물을 이 시에 소환한 것도 그만한 이유가 있을 것이다. 우선 '전우익'의 정보를 자세히 살펴보자. '전우익'(1925~2004)은 농부 작가, 재야 사상가로 기억되는 작가다. 그는 경상북도 봉화군에서 출생하고 경성제국대학을 중퇴했다. 1947년 좌익 계열의 민청에서 반(反) 제국주의 청년운동을 하다가, 6·25전쟁 후 사회안전법 위반으로 옥고를 치렀다. 이후 연좌제와 보호관찰 처분을 받은 후, 낙향해서 한평생을 농사를 지으며 살았다. 전우익의 대표적 산문집, 『혼자만 잘 살믄 무슨 재민겨』(1993년)는 당시 100만 부가 팔린 베스트셀러였다. 이 책은 가까운 이들에게 보내는 편지글 형식으로 이루어졌는데 농사짓는 이야기, 나무·흙·등을 통해 자연에 순응하며 사는 삶을 진솔한 문체로 쓴 산문집이다. 이외에도 『호박이 어디 공짜로 굴러옵디까』(1995), 『사람이 뭔데』(2002)가 있다. 사실적인 정보는 접어두고, 이 시에서 정작 눈길을 끄는 것은 '우익'이라는 이름값이다. 시의 착상도 여기서 시작되었겠지만, 이름이 '우익인데 좌익이라 했다'고, "좌익으로 낙인 찍혀/조용한 투사(鬪士)가" 가 된 어처구니없는 에피소드를 역사적 문맥 위에 올려놓고 재해석한다. 그런데 이 시는 여기서 더 나아가 "우익인데 좌익이라 했다고 껄껄거렸다" 는 태도에 주목을

한다. 그 시대나 지금이나 이분법적 사고가 한 시대의 인물이나 가치를 왜곡되게 만들어버리는 것은 마찬가지다. 그럼에도 불구하고 '전우익'은 그 탓을 하지 않고 초야에 묻혀 자연에 순응하는 글을 날개처럼 펼쳐 보였다. 왜 이우근 시인이 '전우익'을 이 시대로 다시 불러왔는지 이해가 되는 지점이다. 인간의 편향된 사고와 이데올로기가 '우익'과 '좌익', '좌파', '우파'를 만들어낸다. 시대가 바뀌어도 사람들의 의식이 변하지 않는 한, 편 가르기는 계속될 것이다. 이분법적 사고가 우리 사회를 지배하고 있는 예는 무수히 많다. 이우근 시인이 생각하기에 이를 초월한 본보기로 '전우익' 을 불러냈을 터이다. '전우익'이라는 자가 생애를 통해 보여준 사람 냄새 물큰한 진솔한 삶의 가치와 상징성, 「전우익」이라는 시가 차지하는 가치와 의미는 여기에 있다.

   2.
   앞에서 살폈다시피 이우근 시인은 타자들, 그중에서도 주로 '소시민'들로 대표되는 사람들의 직업적 상황에 초점을 모으고 그들의 입장을 대변한다. 이우근 시인은 왜 이토록 이들에게 깊은 관심을 보이는 걸까? 현실이 만든 사회적 제도와 질서는 인간을 계급화하고 지배하는 도구가 되고 있다. 이에 적응하지 못하는 인간은 도태되거나 소외와 배제되어 생의 사각지대나 외곽으로 밀려나게 되는 구조 속에 살고 있다. 이 사회적 시스템은 인간을 관리하고 통제하는 권력이 되어 인간의 입지를 불안하게 만들고 있다. 피로감에 지친 이우근 시인은 인권 회복의 가능성과 우리 사회의 고질적 문제점을 '자연'의 현상을 빗대거나, 식물에 비유("민들레의 사소함/애기똥풀의 빈번함/잡풀 으뜸 질경이의 길의 점령/그 번식의 힘" 「소시민」)하며 그 가능성을 제시하기도 한다. 신형철 평론가는 "자연이 상상적 유토피아가 되거나 착하기만 한 어떤 깨달음의 매개체로 호출되는 것이 아니라 자연이라는 것이 존재한다는 그 사실만으로 윤리적 죄책감을 떠맡게 만드는 지경은 서정시가 도달할 수 있는 한 경지다." 라고 주장한 바 있다. 이우근 시인에게 자연도 그런 의미로 소환했을 가능성이 크다.

> 꽃은,
> 자기 자리가 좋으면 얼른 씨를 뿌려
> 그 자리를 내어주고 홀연히 사라진다
> 계절을 넘어 더 좋은 꽃으로 피고
> 들판은 무상으로 임대를 내어주고
>
> 그 대부분의 배경과 풍경인 잡풀들은
> 더욱 생식력이 좋아 더불어 번성하면서
> 혼자인 듯, 모두 다인 듯
> 어깨동무할 이유가 없지 않아서
> 그 아래의 자잘한 것까지
> 거듭 거두어가며 지평을 넓힌다
> 창백하나 검소한 겨울이 가면
> 본능적으로 포실한 봄이 오는
> 없어도 많은, 넘치는 공간
> 순환이 순한 곳

그것이 들판의 권력

널브러져 있는 사소한 것들
미세하게 산소를 공급하는 존재들
잊혀진 것들
그러나 아무도
평등이나 계급을 요구하지 않으니,

그 충만한 무욕(無欲),
구름의 미끄럼틀이라 낄낄거리고
바람의 정거장이기도 해서,
그냥 오줌 막 누고 싶은 들판
그렇게 갈망이 팽팽해도 해소가 되는 곳
그러한 마음의 권력이 들판이지.

- 「들판의 권력」 전문

들판은 힘이 세다. 사시사철 새와 곤충을 키우고, 꽃과 풀을 먹이고 입힌다. 훼손되더라도 복원하는 자생력(自生力)을 곧 발휘한다. 들판은 차별과 경계를 짓지 않는다. 중심과 외곽으로 구획 짓지 않는다. 차별이 없으니 그 들판에 깃들어 사는 "동종(同種)"의 나무와 풀들도 서로 "개입"하지 않고 "조합과 연결"하고 "푸른 연대"를 형성(「풀의 정치학」)한다. 들판에 깃든 온갖 생물에게 "평등이나 계급을 요구하지 않"으니 진정으로 평등("들판은 평등하고 「반민특위1」")하고 민주적이다. 이만큼 평화롭고 공평한 정치가 없다. 이우근 시인이 위의 시를 「들판의 권력」이라고 붙인 까닭을 여러 편의 작품에서도 확인된다. 우리는 이 시를 보면서 자연으로부터 멀어진 우리 사회의 모습을 떠올리지 않을 수가 없다. 만물의 영장인 인간은 인공낙원을 만들고 자연은 부리고 사는 듯 보인다. 하지만 "무상으로 임대를 내어주"고 "자잘한 것까지/거듭 거두어가며 지평을 넓히"는 자연의 운용 논리와 비교하면, 인간이 넓히는 지평은 치졸하고 근시안적이다. 그래서 들판이 베푸는 "그 충만한 무욕(無慾)"이 편재(遍在) 하는 지경으로 돌아갈 수가 없다. 문명과 함께 축조된 욕망의 계단에서 내려올 수가 없다. '욕망'의 카르텔을 이탈하는 순간 소외와 배제만 기다릴 뿐이다. 인간은 자연으로 돌아가기에 틀려먹은, 괴물로 진화(?) 하고 있는지 모른다. 이우근 시인이 체감하는 문명은 편리한 것이기보다는 불편과 괴리를 불러일으키는 것으로 인식될 때가 더 많다. 그래서 이우근 시인은 자연을 통해서 삶의 이치와 흐름을 배우고, 문명을 가늠하는 척도로 세우기도 한다.

우리는 걸어서 가고/강물은 흐르고/바람은 구른다/나무는 길을 밀어내면서/배타적이면서도/"효율적으로/가장 경제적으로 걷는다/긴 세월을 걷고도/그 자리에 있다/천 리를 가도 그 자리의 효용이다//서울 그 서러운 곳에서 살면서/더더욱 지하철에서,/서서 흐른다는 것을 알았다/나무의 보행법을 배웠다/그리운 것은 잎으로 틔우고/꽃이 아니라도/더 깊은 푸르름을 학습하는 것/두터운 인내를 곱씹는 것

- 「서서 가는 것, 지하철, 혹은 나무의 보행법」 부분

이 시는 사람의 보행법과 나무의 보행법, 그 물리적인 차이를 서울이라는 공간을 배경으로 드러내고 있다. 사람이 길을 확장하는 방법은 '수평'의 길을, 나무는 "그 자리에서 천 리"를 가는 '수직'의 방법을 비교해 보인다. 그런데 이 시는 나무의 보행법에 대하여 사람의 보행법을 비교의 대상으로 드러내 보인다. "서울 그 서러운 곳에서 살면서/더더욱 지하철에서,/서서 흐른다는 것을 알았다"라는 고백을 통해서 알 수 있듯이 서울에서의 '입지'가 녹록지 않음을 암시한다. 지하철은 서울 소시민들의 주요 교통수단이다. 하지만 "서서 흐른다"는 표현에서 보다시피 시적 화자가 체감하기에 "편한 길"이 아니다. 반면에 나무는 "길을 밀어내면서/배타적이면서도/효율적으로/가장 경제적으로 걷는다/긴 세월을 걷고도/그 자리에 있다", 는 인식에는 나무가 만들어내는 길은 사람이 만드는 길('지하철')보다 우위에 있음을 드러낸다. 이 인식의 흐름은 나무는 그 자리에서 수직의 길을 내며 "더 깊은 푸르름을 학습하는 것/두터운 인내를 곱씹는 것"이라는 성찰에 이른다. 이 시는 도시에서 살아가는 소시민의 입지와 비애를 정서로, 자연과 문명 사이의 괴리감을 가시화하고 있다.

　　　　도솔암 가는 길은 굽이마다 형편대로 늙는다/그리고 불시에 일어나 하늘까지 닿는다/바람소리의 해조음(海潮音)이 들린다/산은 조바심 없이 밭은기침으로/자신의 벽을 연다, 아무도 모른다/마음이 바르다면/젖은 것과 마른 것이 무슨 상관이

라/높낮이의 위치가 무슨 상관이랴/낙엽과 해초가 이웃이지
말란 법도 없다

- 「남해 도솔암」 부분

　「서서 가는 것, 지하철, 혹은 나무의 보행법」이 나무
(자연)과 지하철(문명)이 도시에서 길을 내는 속성을 차
이로서 보여주었다면, 「남해 도솔암」은 산(자연)과 바
다(자연)의 속성과 장소의 특징을 "높낮이"와 "젖은 것과
마른 것"로 비교·대조한다. 이우근 시인은 어느 날 남해
'도솔암'에 오르다가 산 위로 들려오는 "해조음(海潮音)"
소리를 듣고 이 시를 쓰게 되었을 터이다. 무심히 지나칠
수 있는 상황을 자연과 자연이 만들어내는 "충만한 무욕
(無欲)"(「들판의 권력」)으로 받아들이는 순간, 이우근 시
인은 현대사회가 구축한 위계질서의 "높낮이"와 신분의
"위치"가 야기하는 괴리감을 동시에 떠올리고 만다. 이
처럼 이우근 시인의 시에 등장하는 자연은 단순히 물리
적인 자연이 아니다. 현대사회의 불온성을 판단하고 진
단하는 준거 기준으로 삼기 위해 불러오는 자연이다. 산
과 바다로 지칭되는 "젖은 것과 마른 것" 그리고 "높낮이
의 위치"가 "이웃"할 수 있는 조건 앞에 "마음이 바르다
면"이라는 전제를 붙이는 것을 보더라도 그렇다. 이우근
시인의 말마따나 "자연이라는 권력"은 유사 이래 만물에
평등하고 공평하다. 차별과 경계를 두지 않고, "계급을
요구하지 않"(「들판의 권력」)는다. 이우근 시인에게 있어
서 '자연'은 절대적 권력의 전형, 혹은 표본으로 자리하
고 있다. 이우근 시인이 이번 시집에 '자연'을 불러오는

이유가 여기에 있다.

3.

이우근 시인이 이번 시집에서 자신을 직접 시의 대상으로 삼는 작품은 그리 많지는 않다. 그렇지만 우리는 이우근 시인이 도시 소시민들과 자연물에 투사한 사회적 경향과 방향성을 통해 드러난 시인의 강직한 성정은 짐작하고도 남음이 있다. 이 시는 자신에 대한 반성적 어조로 전개된다. 시적 화자가 자기 자신을 대상화할 때 반성이 생겨난다. 따라서 이우근 시인은 자기 자신을 사물과 상황에 투사하여 감정이입을 하고 성찰한 후, 다시 자신에게로 돌아가는 재귀적(再歸的)인 궤도 위('나는 회귀(回歸)의/회로(回路)를 찾았다.'「천상병」)에 올려놓는다.

> 내 천박한 것들을
> 부처의 모서리에서 털어버리려
> 절하고 나오는데
> 배롱나무 활짝 핀 꽃 때문에
> 더 천박해졌다
> 저리 만개할 일이 아니다
> 아무래도 지전(紙錢) 몇 푼으로 땜빵할
> 내 인생이 아닌 모양이다
> 햇살이, 맑은 하늘이,
> 공양주 보살의 까칠한 뒤꿈치가
> 나를 저격한다
> 집에 가야지, 해우소(解憂所)에서
> 물건 바라보며

무얼 해소하는지는 모르지만,
재촉 당하는 식은 욕망,
결국엔,
나를 구원할 사람은
나밖에 없는 모양이다

- 「배롱나무」 전문

　한 편의 시에서 종교적 장소나 상징물 등을 시의 배경이나 소품으로 배치할 수는 있다. 하지만 특정 종교의 경전이나 교리를 전하는 것이 목적이 되면 시는 종교의 시녀로 전락하고 만다. 문학은 특정한 종교를 실어 나르는 도구가 아니기 때문이다. 문학의 장(場) 안에서 특정 종교를 부각시키거나 강요하게 되면, 그 작품은 반드시 실패하게 된다. 실로 시는 철학과 윤리가 끝나는 자리에서 출발하는 것이다. 부득이하게 종교적 장소나 제재는 불러오되 특정한 종교의 틀을 벗어나는 지경으로 시가 나아간다면, 특정한 종교를 시 안으로 불러들이는 것은 가능해진다. 윤동주의 「십자가」나 한용운의 「님의 침묵」의 경우를 봐도 그렇다. 이 시들은 각각 기독교와 불교를 제재로 다루고 있지만 종교시의 한계를 벗어나 포괄적인 가치를 추구한다. 그런 점에서 「배롱나무」는 눈길을 사로잡는다. 우리는 삶이 불안할 때 특정한 종교에 의지해 살아갈 수 있다. 이 시의 자전적 화자로 분한 이우근 시인도 절(寺)로 짐작되는 장소를 찾아 "절"을 하고 "지전(紙錢)"도 바치는 의례적인 종교 행위를 마친다. 영락없는 불자(佛者)의 모습이다. 그런데 이 불자(佛者)는 종교적 태도를 훌쩍 뛰어넘는다. "햇살이, 맑은 하늘이,/

공양주 보살의 까칠한 뒤꿈치가/나를 저격한다" 라는 부분이 그렇다. 이 부분에서 시에서 종교적 색채를 확! 걷어버린다. 그리고 시의 범위를 종교 이상으로 확장시키고 있다. "햇살"과 "맑은 하늘"은 종교가 생기기 전부터 스스로 있어왔던 존재다. 끊임없이 생멸하는 그 존재에 영성(靈性)을 부여한다. 그런데 놀라운 것은 이우근 시인이 "공양주 보살의 까칠한 뒤꿈치" 까지 같은 대열에 올려놓는다. 가장 자연적인 것과 가장 인간적인 것에서 구원의 실마리를 찾을 수 있다는 것을 직감하는 순간이다. 사람들은 삶이 불안해서 종교를 만들었고, 종교를 통해서 구원을 목적으로 한다. 하지만 따지고 보면 모든 종교에는 인간을 구속하는 율법이 있다. 때로는 그 율법이 종교라는 이름으로 인간을 "재촉하는" 틀이 되기도 한다. 결국 이우근 시인이 이 세상에서 믿는 믿음의 대상은 종교가 아니("부처를 거부한 것이/최고의 공부였다" 「반성」)다. '자연'("햇살"과 "맑은 하늘")과 '사람'("공양주 보살의 뒤꿈치")에 대한 믿음이 종교보다 더 우위("사람들은 멍청하다/신(神)을 믿다니," 「사람에 관하여」)에 두고 있다. 여기에는 자연에 깃든 신성(神性)과 인본주의적 관점이 종교를 앞선다는 사고가 지배적이다. 또 이 사고의 바탕에는 인문학(人文學)의 기원과 닿아 있다. 기원전의 책, 『주역(周易)』에서는 '인문(人文)'은 '천문(天文)', '지문(地文)'과 비슷한 계열의 말로 쓰였다. 이 단어에서 '문(文)'자는 '글자'를 뜻하는 것이 아니라 '무늬'를 뜻한다. 즉 옛사람들은 하늘에도 무늬가 있고, 땅에도 무늬가 있으

며, 자연의 무늬들은 삶의 무늬와 서로 동등하게 연통한
다고 생각했다. 그리고 '인문(人文)'은 그 말의 무의식에
서 '복수로서의 삶'을 지시하고 있다. '사람'이 아니라 '사
람들', 특수한 개인이 아니라 인간 군상의 다양한 생각과
삶을 모아야 사람들의 무늬'가 생긴다. 이 다양한 삶의
가능성을 '정상적인 것'으로 이해하고 성찰하는 학문이
인문학이다. 이에 비추어 본다면 이우근 시인이 이번 시
집에서 '소시민'과 '자연'을 왜 그토록 시의 대상으로 빈
번하게 끌어들였는지 의문이 풀린다. 이를 암시하듯 시
집의 제목도 『빛 바른 외곽』인 이유도 수긍이 된다. 그
많은 단편적인 편력에 집착하여 결국에는 사람에의 문
제, 그 서사에의 진행, 비록 다다르지 못하더라도 그 꾸
준한 접근이 이우근 시인이 시를 쓰게 만드는 동력이다.

그래서 짐작건대 다음 시집도 이우근 시인은 '사람'
과 '자연'에 대한 관심의 밀도를 늦추지 않을 것으로 추
측이 된다. 그런데 '자연'이나 '자연물'을 시의 제재나 대
상으로 불러와도 '사람'만큼 큰 비중을 차지하지 못할 것
이다. 왜냐하면 이우근 시인에게는 "밤새 길을 걸어도/
마을에는 결국 도착하지 못"(「반성」)한 숙제가 아직 남아
있기 때문이다. 지금도 마을로 가는 외곽 그 어디쯤 걸어
가고 있을 이우근 시인을 그려본다. 그 마을로 가는 길에
비바람이 불고 천둥이 치더라도, 더디게 가더라도 꼭 도
착하길 바란다. 그 마을에 도착해서 서정의 본령에 이르
기 위한 그 가능성을 내내 타진하길 빈다.